到得了远方，回不去故乡

一位女性主义人类学家的跨国成长旅行

[美] 露丝·贝哈 —— 著

李开 —— 译

广西师范大学出版社
·桂林·

到得了远方，回不去故乡：一位女性主义人类学家的跨国成长旅行

DAO DE LIAO YUANFANG, HUI BU QU GUXIANG：YI WEI NÜXING ZHUYI
RENLEIXUEJIA DE KUAGUO CHENGZHANG LÜXING

图书在版编目（CIP）数据

到得了远方，回不去故乡：一位女性主义人类学家的跨国成长
旅行 /（美）露丝·贝哈 (Ruth Behar)著 ；李开译. —桂林：广
西师范大学出版社，2019.4
书名原文：Traveling Heavy: A Memoir in Between Journeys
ISBN 978-7-5598-1560-6

Ⅰ．①到… Ⅱ．①露…②李… Ⅲ．①游记－作品集－美国－
现代 Ⅳ．①I712.65

中国版本图书馆 CIP 数据核字（2019）第 018848 号

广西师范大学出版社出版发行

（广西桂林市五里店路 9 号　邮政编码：541004）
（网址：http://www.bbtpress.com）
出版人：张艺兵
全国新华书店经销
广西广大印务有限责任公司印刷
（桂林市临桂区秧塘工业园西城大道北侧广西师范大学出版社集团
有限公司创意产业园内　邮政编码：541199）
开本：880 mm×1 240 mm　1/32
印张：8.25　　字数：180 千字
2019 年 4 月第 1 版　　2019 年 4 月第 1 次印刷
定价：59.00 元

如发现印装质量问题，影响阅读，请与出版社发行部门联系调换。

献给我的家人

也献给那些把我当作家人的陌生人

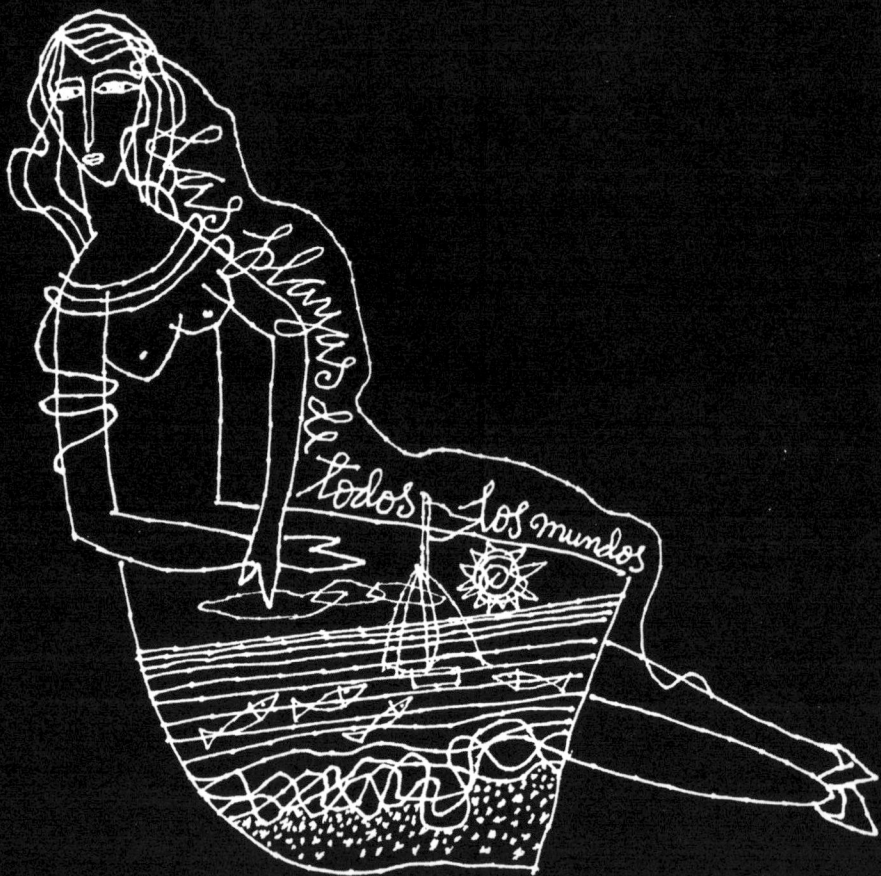

目录

莫让思想溜走藏匿起来，

应像当局对异乡人采用的登记制度一样，

严格地用笔记记录那些思想。

—— 瓦尔特·本雅明

《单向街》（1928）

哈瓦那之根

———————

2011 年，加布里埃尔·弗莱－贝哈拍摄

第一部

家人

刚到纽约的移民

———

从左至右：爸爸，露丝，妈妈和莫里

1962 年，拍摄者佚名

房屋钥匙

我想去旅行。

但是我也害怕旅行。

每开始一次旅行,我都认真地做好护身符的例行检查。我每次都确保我的土耳其邪眼手链戴在我的手腕上。如果在飞行中遇到气流,我会搓揉手链上的绿松石玻璃念珠以避免飞机从空中掉落。在我钱包里的一个带拉链的隔层里,藏了一条手工制作的项链,我一直带着它,因为据说它可以祛病避邪。我是在古巴的一次萨泰里阿教① 仪式上得到的。在这种仪式上,三只巴塔鼓用催眠的节奏召唤古老的非洲神祇返回大地。这两个护身符,一个代表我的犹太血统,另一个代表我的古巴血统,只有带上它们,我才可以安心旅行。

在出门之前,我把我的车钥匙和办公室钥匙放在门边的一个桌

---

① 盛行于古巴和加勒比海群岛的一种宗教。

子上，因为在我外出时它们对我毫无用处。但是，我对自己说："带上房屋钥匙，到任何地方都要带着它。"

据说赛法迪犹太人①在五百多年前被驱逐出西班牙的时候都带着他们房屋的钥匙。几个世纪以后，虽然他们流散世界各地，但是他们还带着那些钥匙。我把房屋钥匙塞到行李箱里，以纪念我那些流亡的先辈，他们那样依恋西班牙，真令人感伤。

当然，我完全知道，我的先生——大卫还留在家里，在我回来的时候他会把门打开。（实际上，他总是把我送到机场，然后又去机场接我。）在我们年轻的时候，无论到哪里旅行，大卫和我总是一起去。但是，现在我们老了，只有我一个人旅行了。他留在密歇根，正如他们墨西哥的说法：*看家*②。即使我坚信大卫将在家等我回来，但我也担心，如果我没带钥匙，一旦发生灾难，我回不了家。

虽然可以四处飞行，但是我对旅行一点也不能掉以轻心。每次出行我心里都有一种挥之不去的末日感。飞机起飞前几分钟，妈妈会打来电话，压低声音祝我一切顺利，好像在和我说最后一次再见。"露蒂，下飞机给我打电话，不要忘了。"她说。电话还没有挂断，我就开始发抖。转而，我就打电话给我在纽约的儿子，加布里埃尔，使他也十分紧张。我说："再见，宝贝。爱你，宝贝！"好像我再也见不到他一样。

然后就是关机时间。在乘务员关闭飞机舱门时，除了屏住呼吸，我无事可做。当我环顾同行的乘客时，一股温暖的团结感立即涌上心头，差一点让我落泪。有位生意人帮我把鼓囊囊的行李塞进头顶

---

① 赛法迪犹太人是犹太人种族的分支之一。长期生活在阿拉伯化的伊比利亚半岛（包括西班牙）上，故受伊斯兰文化影响，说拉迪诺语，生活习惯与其他分支颇为不同。

② 原版书中出现的西班牙语或意第绪语等非英文表述在文中统一用楷体字标注，以示区分。——编者注

行李仓，一位疲惫的妈妈紧紧地搂住她哭闹的孩子，身上有文身的年轻人手里攥着他的头戴式耳机，等待飞机升空后他就可以听他的音乐了，情侣们像小学生一样手拉着手，我们所有人都一致认为这还不是我们去死的日子。

是的，我真像一个神经病流浪者。

有趣的是，尽管我带着重重忧虑上路，哪怕只给我一个最站不住脚的理由乘飞机到什么地方去，我都会急忙把行李收拾好。对我来说，收拾行李并不容易，面临带哪些东西和不带哪些东西的两难选择，决定必须留下哪些东西是一件痛苦的事情。当一个人死的时候，不能带走任何东西，所以，收拾行李是死亡的一次彩排，这样说难道很耸人听闻么？旅行的时候，你只能带几只东西，这可以让你习惯放开物质世界，也可以让无法避免的离去到来时温柔一些。放弃了存在之重，才可以脚步如飞，到处游玩，去看新的风景，遇见不同的人。

我去过许多地方，和大多数人一样出于这样的理由：寻找不同的风景，感受喜悦和乐趣，了解陌生人的生活，离开家庭，给自己一个改变自己的机会。我们抛弃家庭的舒适和亲密就是为了探索另外的世界和另外的自我。

旅行者是那些去他们想去的地方的人，因为他们有时间去流放自我。移民是那些不得不去其他地方的人，如果他们不离开原来居住的地方，他们就会受苦，甚至他们的生存都受到威胁。他们的旅途令人悲伤，处处都有危险。他们失去熟悉的世界，离开原来的生活舞台，疏离感油然而生。在陌生人群中生活，他们充满忧虑，被迫违背自己的心愿变成不同的人。

我现在是一位旅行家，而且是一位职业旅行家。在我上大学之前，我甚至对所谓的文化人类学这种专业没有任何概念。但是，现在这成了我的工作，在异地居住很长时间，做田野调查工作，去了解当地的居民如何寻找生活的意义。从最初开始，我就被将成为这样的旅行家的前景所吸引。于是，我开启了这种奇特的事业，而且不论走到哪里，我都可以找到家的感觉。陌生人的善良就是最好的礼物，没有它，我不能成为我自己。

所以，我现在是一位旅行家，但是我永远记得，我的生活之旅是从移民开始的。在我四岁半的时候，我们离开了古巴，当时我的弟弟莫里才刚刚蹒跚学步。书中有一张我们俩的黑白照片，这是我们刚刚到达纽约时和爸爸妈妈一起拍的照片。全家穿着我们最好的旅行衣服，在太阳下眯着眼睛，望着我们的未来。我们站姿不齐，看起来衣冠不整，有些寒酸，还有些害羞，但满怀感激。我们没有信心。

多年以前我在古巴的保姆，一个名叫卡萝的女人，说我们在离开这座岛屿之时我还满不在意。她告诉我，"你认为你们是去度假，而没有意识到你们要走了"。也许，一个小孩还不懂失去故乡的哀痛。有时，有人（虽然从来没有古巴同胞）指责我离开古巴太早因而没有权利宣称与古巴有任何关系。可是我特别确定的是，适应美国生活对我是一件十分痛苦和困难的事情。直到现在，不论我走到哪里，都有一种地道的外来户才有的无奈、无助、无语、格格不入的感觉。那个总想在墙上找个裂缝钻进去的女孩永远也忘不掉这种记忆。

我无法记起童年时背井离乡的那一刻。我的潜意识使我患上健忘症，所以我必须不断旅行去寻找那个失去故乡的女孩，那个没有哭泣的女孩，因为她不知道她曾经失去了什么。

我是一位专门研究乡恋的人类学家。去异国他乡旅行是我谋生的方式。我不断合上，然后打开我的行李箱。我应该知道如何轻装上路，但是我沉重地行走，因为我带着太多东西。

人类学家从事的是抄写员的工作，专门记述别人的故事，书写自我的故事是最应避讳的。然而在这里所写的故事全都是我个人的故事，而且写得有点过头，太自我了。但是，我内心还是一个听话的学生，我这样做，心里诚惶诚恐。这是我在旅行之外偷偷写下的回忆录。

生日聚会，纽约皇后区

———

从左至右：蒂娜，考拉，露丝，格蕾丝，正太郎
坐在地上：表妹琳达和表兄丹尼
1963 年，拍摄者佚名

和正太郎一起学英语

我说英语差不多有 50 年了，但是我仍然不会忘记，英语不是我的母语。即使现在，写下这句话时我还有点犹豫。这个句子在英语中对不对？生硬不生硬？在同一个句子中能否同时用"I have""I haven't"和"isn't"？坦白地说，我真不知道。

我有这种感觉真是有点奇怪，甚至可能有些荒唐。我英语说得很好，我的博士论文也是用英语写的。思考，做梦，甚至生活的大部分时间，我都在使用英语。有人惊讶地问我："你是从古巴来的吗？但是你没有一点口音。"是的，我没有口音。当我想说"sheet"的时候，我不会像妈妈那样把它说成"shit"。在十多岁的时候，我曾努力模仿英式英语，因为我觉得它更加优美，比我所听到的纽约英语好听多了。我和父母说话只用西班牙语，现在仍然如此，因为西班牙语会让他们觉得十分轻松自如。

毫无疑问,妈妈和爸爸说英语时都带有口音,浓重的古巴口音。从童年时期开始,我就不断地纠正他们的发音和语法错误。英语是共同语言,是关于权力、竞争和进步的语言,也是孤独的语言,完全靠自己就能掌握的语言,不需要父母的帮助。现在,没有人能分辨出我说的英语来自何方。多年前,我弟弟莫里说得十分正确。他告诉我,我说的是一种"大学英语"。

这种英语是一名努力学习、成绩优秀的学生的英语,因为她害怕,如果她不努力学习,她就会被送回笨蛋班级。

没有人可以通过听我说的英语或看着我而发现另一种语言在我内心燃烧,那好似一种无影无形却永不熄灭的火焰。没有人知道我走近英语的方式就像以前包办婚姻中的女人走近她的丈夫一样,充分利用别人给她选择的婚姻,希望有一天能得到爱。我仍然在等待……我依赖英语。我很感激我会说英语。如果我不会英语,我不可能成为教授、学者、旅行家和作家。但是我还没有爱上英语。

我的母语是西班牙语。当我还是小女孩的时候,我在古巴说的就是这种语言。有人告诉我,那个小女孩在说西班牙语时显得劲头十足。他们说我就像一只小鹦鹉一样滔滔不绝。但是我们到了美国之后,我变得害羞起来,缄口不语,闷闷不乐。我自己记不起来小时候在古巴说西班牙语的样子。这很可能就是其中的原因,每次去古巴时,若遇到一个能自然流畅地说西班牙语的小女孩,我就想大声喊:"那就是我!"那就是我,很久以前的我,在我意识到我曾经说过何种西班牙语方言之前。

在革命之后①，我们离开了古巴去以色列。我被告知我的希伯来语说得很流利，我可能早已学会了一些词句，因为在哈瓦那我所上的幼儿园位于以色列丽塔中心，这是一所由犹太裔移民建立的西班牙—意第绪双语幼儿园，这些犹太裔移民在 20 世纪二三十年代在古巴定居。但是希伯来语并没有在我们家生根发芽。从以色列来到纽约一年之后，我们在家就都不说希伯来语了。在神圣的节日里和逾越节上，希伯来语成为我们礼拜仪式的语言，也是我们偶尔祈祷时所用的语言。它不再是我们家里常用的语言，西班牙语成了我们的家庭语言。我和来自土耳其的、说拉迪诺语的阿布罗和阿布拉②说西班牙语；和来自波兰和俄罗斯的、说意第绪语的巴巴和赛德③也说西班牙语。

还不到 6 岁的时候，我被送到了皇后区 117 号的一所小学上一年级。我一个英语单词也不会说，如何能期望生存下去。那是 1962 年，公立学校还没有引进双语课程和作为第二语言的英语课程。你只有通过潜移默化、听力训练、唇读去学英语，像婴儿一样模仿，没有任何特别指导，也没有一点仁慈。否则的话，你就学不会英语，只能进入笨蛋班，永远也学不出来。

现在我还清晰地记得，在那间一年级教室，我们的老师萨罗塔夫人在黑板上写了一道数学题。我知道答案，于是就举手。萨罗塔夫人微笑着点点头，耸了一下眉毛，手里拿着粉笔，等着我回答。

---

① 指发生于 1953 年到 1959 年的一场推翻亲美独裁者的武装革命，最后由革命方菲德尔·卡斯特罗领导的"七二六"运动最终在 1959 年 1 月取得胜利，建立了西半球第一个社会主义国家。

② 阿布罗（Abuelo）、阿布拉（Abuela），西班牙语，分别意为"祖父、外祖父""祖母、外祖母"。此处指作者的祖父和祖母。

③ 巴巴（Baba）、赛德（Zayde），意第绪语，分别意为"祖母、外祖母""祖父、外祖父"。此处指作者的外祖父和外祖母。

我张开嘴巴，但是说不出一个单词。我知道答案，但是我不知道如何用英语说出来。我坐在那里。"露丝，"老师说，"你是否知道答案？"我不习惯听到别人用英语说出我的名字，听起来那样刺耳难听。在家里，我叫露蒂，其中的两个音节说得很慢很温柔。

"露丝？"老师喊我的名字好像带着某种侮辱似的。我试着用手势表达，在空中用手势把答案比画出来。其他同学很快就咯咯地笑起来，用手指着我，好像我是一只从动物园里逃出的猴子一样。我羞愧地低下头，装作不存在。在那一学年的剩余时间里，我一直躲避在沉默之中。

到了二年级，我被分到了笨蛋班，而且我觉得自己活该被分到那里。尽管学校宣称对学生不做任何划分，但是作为孩子，我们知道，每一个年级都有一个笨蛋班，这种班里都是上一学年不及格的学生。在二年级就被分到笨蛋班，那就肯定表示你的人生有一个很糟糕的开端。对一位一年级不及格的学生来说，一切都变得非常糟糕。有一个老师，我忘记了她的名字，把我们当作又聋又哑的傻瓜一样。她不停地重复，居高临下地盯着我们的作业本，寻找错误，随时准备敲打我们。班里的一些孩子确实学得比较慢，只有几个学生有点毛病，比如，格蕾丝，她的头很大，鞋子尺码比她的脚大几倍，让人感到她肯定有点不正常，但她对人特别友好。那时候，外国小孩常常被分到笨蛋班，除非他们能够向世人证明他们实际上很聪明，只是还没有学会英语；或者除非他们证明他们脑子真的很笨。

正太郎是一个来自日本的小男孩，他也因说的语言不是英语而被分到笨蛋班。因为班里只有我们两个外国孩子，我俩就成了好朋友。他的刘海儿有些卷曲，比我矮一头，所以，我想保护他。我们一起看漫画书，相互念书给对方听。在课间休息时，我们一起玩捉人游戏和跳房子游戏。在二年级时，正太郎是我过生日时邀请的唯一一个男孩（莫里和丹尼也来参加，但他们不算）。他着装庄重，穿着一套灰色西服，白色衬衫，戴着红褐色领带。我穿着一件手工缝制的旧古巴裙子，虽然不怎么合身，但我还是非常喜欢。不久以后，所有从古巴带来的裙子都从我的衣橱里消失了，妈妈把它们送给了我的表妹琳达。看到她穿我的衣服，我还有些舍不得。

我记得，那几年我还拍过一张照片，但后来再也没有找到。那是一张用拍立得相机拍的照片，照片上一群女孩围在饰有字母 M&M 的蛋糕周围，正太郎和我站在她们中间，我俩站在一起面露笑容（但是，我确实找到一张我戴公主生日帽的照片，格蕾丝站在我左边，正太郎站在最边上，头戴一顶聚会帽）。我想，尽管我和正太郎之间可以进行秘密的、深入的、超越语言的理解和沟通，但是我们学会说英语仅仅是因为我们有彼此交流的急切需要。

我们很努力，很快就学会了英语。在二年级结束时，我们从笨蛋班里跳了出来，分到三年级的一个正常班级。但是正太郎没有继续和我一起念完三年级。他父母决定返回日本，但是我父母明显没有一点想回古巴的想法。

正太郎的离去使我非常伤心。他临走时送我的礼物，以及其他很多童午的纪念品，还都存放在我父母的房子里。那是一对小木偶娃娃，他们穿着全套情侣和服，一起躺在丝绸锦缎盒子里。可能这对木偶娃娃代表我们俩，在英语中一起成长的一个女孩和一个男孩，在笨蛋班共同度过了一年。我们俩都没有用其他语言，所以英语是我们的共同语言——我们相信我们并不笨，我们只是一文不名、身处异国他乡而已。

接吻

第一个把舌头伸到我嘴里的男孩是一个波多黎各人。他的舌尖碰着我的舌尖，然后他的整条舌头绕着我的舌头旋转，其力量之大我真有点担心我会喘不过气来。我吓得几乎晕了过去。在迈阿密沙滩上，我们差一点跌倒在沙堆上，但是他用力搂住了我没有跌倒。太阳开始西沉，大海安静了下来。他的舌头有点苦涩、薄荷的味道，充满了男子汉般的青春朝气。

我当时 12 岁，他比我大两三岁，但是我认为他比我大得多，而且很显然，"经验丰富"。母亲教导我，男孩在这些方面总比女孩懂得多。每晚，在我们纽约狭小的厨房里，我帮妈妈做晚饭的时候，我们的眼睛被豆豉或其他菜中的洋葱刺激得流出眼泪时，妈妈就对我发出了她严厉的警告。"男孩必须知道得多，因为他们是男孩。长大成人后，他们就需要有性生活，这是男人的本能需要，如

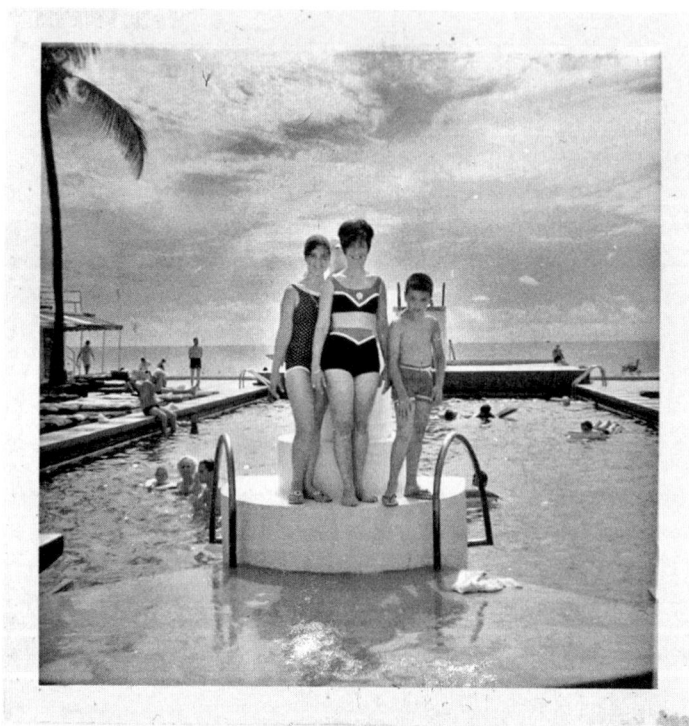

迈阿密海滩边的瑟夫康博酒店

———

从左至右：露丝，妈妈和莫里

1969 年，拍摄者佚名

果你明白，我的孩子，他们无法控制自己，如果他们没有做，他们就会发疯，就会爆发。所以，不要引诱男人，因为他们不能控制自己。这是他们的事，他们就是这样。这并不是他们的错，他们必须要，所以女人要拒绝。要说不。记住，拒绝不会使事情无法挽回。试着去理解，我的孩子。拒绝。说不。不要让他们说服你。他们不会失去任何东西。不要忘记，女人永远是输家。等待。一直等到你找到一个好男人，一个爱你的男人，一个不是仅仅因为那方面而需要你的男人。小心些，好不好？要当心。"

对性的恐惧和保留，把自己的身体留给一个足够爱我而控制生理需要的男人，这是母亲传达给我的信息。与此相反，我爸爸对莫里的教育早在他 10 岁时就开始了，充满了欢笑、幽默和率真。每次星期天早上，吃完早午饭后，爸爸和莫里穿着睡衣一起慵懒地躺在床上，他把藏在床头桌抽屉里的《花花公子》拿给弟弟看。其实，我早就发现了这些杂志的藏身之处。父亲和莫里一起看那些图片时，好像在告诉他，我的孩子，这是留给你的遗产。因为你是男孩，你很快就可以像品尝一切美味的水果一样品味女人的身体。她们就像最甜蜜、汁水最多的芒果一样任你挤压，任你品尝，任你吮吸。

我不记得我是如何遇到那个让我品尝他舌头的波多黎各男孩的。我只记得他是来自西班牙哈勒姆区的波多黎各男孩。我忘了他的名字，或许，我从来都不知道他的名字。他长着一头乌黑头发，身材消瘦颀长。我不知道他住在哪里，也不知道他和谁一起来到迈阿密。我所告诉他关于我的事情也只是，我是古巴人，住在皇后区的森林山，不是在富人区，紧挨着一片网球场和府邸，靠近第 108

街。那里在夏季至少有郁郁葱葱的树木。我们刚搬进去住的楼房叫卡罗公寓，还有个大厅（虽然没有看门人）。他知道我是一个胖女孩，我穿着分体式红色泳衣，边缘带有难看的蓝色褶皱，这令我感到十分不自在。由于读书太多，双眼没有一点光彩。而且可悲的是，我还不知道自己的身体可以带来什么快乐。我们只是在海滩见面、接吻，并没有问什么问题。

我们接吻的事发生在七月的迈阿密海滩，那时海水已经像蒸汽浴一样暖和。我的父母和他们圈子里的朋友们是早期移民纽约的一群古巴人，关系十分密切。在 20 世纪 60 年代之前，他们觉得已挣到足够多的钱，可以去度假了。有人发现，柯林斯大街的酒店在夏季（旅游淡季）打半价促销，他们希望招揽更优质的游客，因为那些美国人更喜欢来这里过冬。我记得是他们朋友圈里一个叫伊瑟拉尔的工程师所做的调查。他非常精明，大家都叫他参议员。他得出结论说瑟夫康博酒店的价格最划算：两张双人床，每天两餐，而且儿童免费食宿，还有一个救生员在孩子游泳时看管他们。

于是我们就出发了——朋友圈里的五对夫妻和他们的孩子，炎炎夏日下炙烤皮肤，喝着热销的粉红色曼蜜苹果冰奶昔。这使我们想起了古巴的生活，忘记了纽约冷酷、灰色的生活。朋友圈里的父亲们在难得的两周假期之后就脱下泳衣，换上西服，返回纽约上班，继续挣钱。只有这样，朋友圈里的母亲们才能够带着孩子在迈阿密海滩再度两周假期。

在没有这些父亲的两周假期中，他们过得多么自由和轻松：没有斥责，没有要求，没有压力，没有争吵。她们看起来那么幸福，米利亚姆，泽尔米，范妮，妮娜，还有我的妈妈，都懒洋洋地躺在泳池边，身上涂满了滑溜溜的防晒油。即使她们的乳房从泳衣中蹦了出来，也没有男人去提醒他们。看，这些美女，她们的指甲像珍珠一样闪亮，看起来像海贝一样。她们无忧无虑，就像她们在过去的古巴一样休闲。可是古巴革命已经无情地破坏了他们的生活。在没有父亲管教的两周里，我们这些朋友圈里的孩子玩得特别狂野，自由地在泳池里跳进跳出。也没有人吓唬我们：如果在吃完东西之后立即游泳就会身体瘫痪。就是在这两周幸福的日子中的其中一周，当朋友圈里的母亲们和孩子们单独在一起的时候，我才开始学会如何像一个女人一样接吻。

但是，我的接吻训练很快就中断了。

一天下午，我们接吻之后，就在我从海滩返回游泳区的时候，我发现妈妈和莫里用奇怪的目光看着我。我挥了挥手，尽力装作若无其事的样子。但是，妈妈直截了当地问我，到哪里去了，为什么不告诉她我有男朋友了。

你什么意思？什么男朋友？我假装不知道地问妈妈，显得一点也不熟练。

妈妈咯咯地笑了几声，她说莫里看到我和那个男孩在一起，而且他告诉她了。她不相信他，所以莫里说："好吧，那我们一起监视露蒂。"他们俩躲藏起来，亲眼看到我和那个男孩接吻，用不着解释。妈妈一边说，一边狂笑起来。妈妈和莫里在偷看我的时候笑出声来了，但是，他们竭力忍住不笑，还问我，当时真的没有听到他们的笑声吗？

我真的没有听到。但是现在我听得太多了。我看了莫里一眼。他咧嘴一笑，由于给我惹了麻烦，他有点不好意思了。他只是觉得发现自己书呆子一样腼腆的姐姐和一个男孩混在一起感到特别好笑。而且他也忍不住要去告密。我发誓我永远不会再相信弟弟了。

　　擦掉笑出来的眼泪之后，妈妈问我："那个男孩是谁？"

　　那个男孩是谁？我几乎不知道，我也不想知道。

　　"他只是我遇到的一个男孩。"

　　"似乎不是犹太人。"她说。

　　我耸耸肩道："他是波多黎各人。"

　　"波多黎各人？你疯了，露蒂？"

　　她的脸色一下变得十分严肃，好像我告诉她这个男孩来自火星一样，或者就像他感染了一种在中世纪没有灭绝的罕见鼠疫一样。

　　"幸好你爸爸不在这里。"她把手掌放在胸口叹息道。

　　"那么，和波多黎各人在一起，有什么错？我们是古巴人，不是吗？"我叫喊道，感到自己十分聪明。

　　"但是，露蒂，你很聪明，太聪明了。你难道不知道我们是犹太人么？你还太小，不能和任何男孩接吻。可是，你怎么能吻一个波多黎各人？唉，露蒂，一个波多黎各人出现在你的生活里！露蒂，你还不了解波多黎各人，他们内心很坏。他们只想要一样东西。他们只想要女孩的一样东西。你离开他吧，露蒂。你也如此聪明。我简直不敢相信。你爸爸不在这儿。如果他在这儿，他会杀了你。求你以后不要再见那个男孩了。如果被你爸爸发现了，他会因我没有阻止你把我也杀了。"

直到后来，我才完全理解妈妈那年七月在迈阿密海滩所说的禁忌的严重后果。直到后来，我才知道，我的姑姑艾达在 15 岁时与一个非犹太水手私奔。我的赛法迪裔奶奶因此痛哭流涕地乱撕自己的头发，好像她的女儿已死去一样。直到后来，我才明白，在我把我的表妹抱在膝上的时候，阿布拉为什么用那么严肃的神情看着我。我所抱的孩子是她的重孙女，是她的孙子和一个棕色哥斯达黎加女人的禁忌婚姻所生。直到后来，我才明白，阿布拉为什么一直用严肃的神情看着那个从我膝盖上站起来的、肤色和她妈妈一样都是棕色的小囡囡，而我当时在整理她在我丝绸裙子上留下的褶皱。直到后来，我才从姨妈爱仁娜（她在古巴的一个小镇阿格拉蒙特长大）处得知，当镇上仅有的犹太人，他的父母，也就是我的外曾祖父母，发现她与当地的一个小伙子"动真格"地谈情说爱时，她就被送往了哈瓦那。直到后来，我才明白，我们为什么是古巴人，为什么说西班牙语；还有，我们为什么吃黑豆，为什么在迈阿密海滩思念古巴；还有，如果我们没有被古巴所救，我们都将如何丧命于希特勒的火炉之中。不管怎样，整个世界养育了我们，赋予我们生命，给予我们立足之地，让我们有实现愿望的机会。并且在饥渴之时，我们可以从没有黄星烙印的舌尖上和身体上获得甘饴。但是，我们所属的犹太民族使这成为不可能。或者，像我的姑姑一样大胆，我们敢于用我们自己的舌头和身体迎接他人的舌头和身体。那将给犹太民族带来无法忍受的痛苦，是如同死亡一般的痛苦。直到后来，我才明白，我为什么那样犹豫不决地承认自己的拉丁美裔身份，为什么刻骨铭心地痛恨自己，唯恐失去那些接受我的墨西哥人、波多黎各人和古巴人的爱或尊敬。因为我知道，当我感到自卑时，他们视我如己出。我认真权衡过，我不能与他们的男人走得太近，也不能只固守于"自己的种族"，这就是我所接受的教育。

七月底，迈阿密海滩假期结束了，我们回到纽约。我没有听妈妈的话，打算继续和那个波多黎各男孩秘密约会。我偷偷地把一团纸塞到他手里，上面写着我的姓名、地址和电话号码，这样他就能找到我，他就可以从西班牙哈勒姆区来找我了，他就可以把我从森林山的阿什肯纳兹犹太人区①带走。爸爸把我们带到这里，他是一位皮肤黝黑、头发卷曲的赛法迪犹太人，常常被人看作波多黎各人。我刚十来岁的时候，爸爸就把我带到这里，使我远离那些被送到老皇后区街道去上学的拉美裔男孩和黑人男孩。

但是那个波多黎各男孩从来没有打电话给我，也没来森林山找我。

也许妈妈是对的：波多黎各男孩只想得到我的一种东西，但是他必须花费太多的时间和努力才能从我这儿得到它。

不管如何，妈妈告诉给我的教训永远留在我的心里。我变得小心谨慎起来。我成为那些持续等待如意郎君到来的女人之一。

---

① 阿什肯纳兹犹太人指的是源于中世纪德国莱茵兰一带的犹太人后裔。其中很多人自 10 世纪至 19 世纪期间，向东欧迁移。从中世纪到 20 世纪中叶，他们普遍采用意第绪语或者斯拉夫语言作为通用语。

一副赛法迪犹太人的长相

　　我在妈妈这边的阿什肯纳兹犹太人家里长大，听的是意第绪语，吃的是**鱼丸**①，而且我很喜欢在俄国出生的外公赛德，他有一双淡绿色的眼睛，说话十分轻柔，几乎听不见。但是，我妈妈家里的人总是提醒我，我长得很像出身赛法迪犹太人的爸爸家的人。这不仅仅因为我长有黑色卷曲的头发、弗里达·卡罗②式的眉毛和一双棕色的大眼睛——这幅长相更像土耳其那边的人。有人说，我的性格是赛法迪式的性格：坚强的意志，不知从何而来的暴脾气，不原谅那些冤枉我的人。我早就认为，阿什肯纳兹犹太人讲逻辑，有理性，通情达理，很现代；而赛法迪犹太人则喜怒无常，不讲道理，头脑冷静，充满激情，固守成规。而且，我也知道，无论和我的阿什肯纳兹家人一起生活多长时间，我都无法摆脱遗传自土耳其人的赛法

---

① 源自意第绪语，一种阿什肯纳兹犹太人特有的开胃菜。通常把白鱼、梭鱼或鲤鱼剔去骨刺后切碎，与面包屑、鸡蛋和调味品混合，在鱼汤里以球形或卵形饼的形状煮熟。
① 弗里达·卡罗（Frida kahlo,1907—1954），墨西哥最著名的现代女画家。

阿布拉和阿布罗在哈瓦那的婚礼

———

1927 年，拍摄者佚名

迪犹太人身体和灵魂。

如果我惹恼了妈妈，她就会大骂，就像咒人一样："你跟你爸爸一个模样！"但是当我们高兴的时候，她有时就用手指挥一挥我的卷发（她自己的头发像印第安人的头发一样笔直），或者看着我望着镜子说："你有一副赛法迪犹太人的长相，你有赛法迪犹太人最美丽的长相。"在那些有几分超然的亲密时刻，妈妈承认自己生了一个和她自己不一样的女孩子，一个长得几乎不像自己的年轻女人。我妈妈是波兰人的女儿，我爸爸是土耳其人的儿子，在1956年的古巴，他们的婚姻差不多被双方家人当作一种异族通婚。20世纪20年代在古巴扎根的阿什肯纳兹犹太人和赛法迪犹太人之间互不往来。他们去各自的犹太会堂，在哈瓦那生活在各自的社区，定居于古巴不同地区。当听到我妈妈要嫁给阿尔伯提科·贝哈时，巴巴绝望地问道："可是，我们怎么和他的父母交流？他们又不会说意第绪语！"对我的外祖父母来说，西班牙语是异教徒的语言，而对我的祖父母来说，西班牙语恰好是他们犹太身份的语言，这可以追溯至拉迪诺语脉络。这是15世纪赛法迪犹太人用希伯来字母写的西班牙语。巴巴一点也没有想到，几年后，随着古巴革命的爆发，全家人都去了美国。在这里，他们的后代既不会说意第绪语也不会说拉迪诺语。从我们的流散史幸存下来的唯一语言就是西班牙语。

妈妈和他的阿什肯纳兹犹太家族关系很近，我和我的赛法迪犹太家族联系很少。他们离开古巴以后，定居在布鲁克林区的卡纳西。因在古巴家里穷，爸爸离开了他的父母和古巴赛法迪犹太人区。他很有志气，而且不管在哈瓦那，还是后来在纽约，通过阿什肯纳兹犹太人商业往来，他都有很多机会进入中产阶级。但是，他永远是那个圈子里的土耳其人，正如他在我妈妈家那边一样。

尽管我爸爸帅得不像是流亡者，尽管他努力出人头地，但是我看到了他在阿什肯纳兹犹太人圈子里被当作"他者"的境遇，我很同情他。我自己也被看成一个土耳其佬，因此也是我们阿什肯纳兹家族里的另类。但是，即使我明白我和他是多么相似，我在爸爸身边并没有安全感，因为我害怕他。自我十几岁以后，他就变成一位十分严厉专断的父亲，他不是把我当作他的盟友，而是把我看成一位对他的权力构成极大威胁的独立女权主义者。从他嘴里几乎听不到对我成绩的表扬，雷霆闪电般的批评和暴怒才是常态。我的赛法迪个性来自父亲，开始还不太明显，但是随着我逐渐长大成人，我没有养成我所需的温柔性格。如果有这种温柔性格，我也会更加自信，也不需要时时刻刻怀疑自己。

我听到的关于赛法迪家人的故事是阿什肯纳兹家人告诉我的，因此，是戴着有色眼镜所看到的故事，被赋予了异国情调，甚至带有种族主义的色彩。有关我弟弟名字的故事最能说明那些土耳其人有多么奇怪。莫里（Mori）出生于 1959 年，当时爆发了古巴革命。我妈妈为了尊重她父亲的愿望，决定给弟弟起的名字是莫里斯（Morris），也是为了纪念外公的一个名叫莫德柴（Mordechai）、被纳粹所杀的弟弟。

阿布罗和阿布拉来到医院，得知我母亲已经给孩子起了名字，他们非常生气地嚷道："这个孩子是我们的，他属于我们！"

我妈妈也大发雷霆。她对公婆说孩子生自于她的身体，而且她是为了尊重她父亲的愿望。阿布罗和阿布拉坚持自己有权给孩子起名，他们感到深受伤害。他们对我妈妈说："可是，我们让你给你的头胎孩子起名，就是尊敬你们的家族。这第二个孩子属于我们。我们想让你给他起的名字是艾萨克（Issac）。"妈妈更加吃惊了。一个孩子如何属于他的祖父母而不是他自己的母亲？一个孩子怎么能以一个活着的亲戚的名字而命名？

"艾萨克？叫他艾萨克？可是你们还活着！我们不能叫他艾萨克。"

阿布罗答道："不错，我还活着，而且我想要孩子用我的名字。"

阿布罗仪表出众，身材消瘦，目光坚定，笑容迷人。但是，在古巴他也只不过是一个街头商贩。到了纽约，他去了古特曼无酵饼工厂打工。阿布拉有一双漂亮但忧郁的黑眼睛，她父母把她送到古巴是为了兑现婚约承诺。但在她到达古巴之前，和她订婚的男人娶了另一个女人。她一边弹着从土耳其带来的乌得琴，一边唱着悲伤的赛法迪民谣。据家里人说，她就这样引起了我爷爷的注意。他们都来自伊斯坦布尔附近的一个小镇锡利夫里，而且在移民古巴之前都在土耳其上过法语学校。阿布拉的名字是瑞贝卡，和我妈妈的名字一样，这也许就是她和阿布拉不担心她的名字会消失的原因。

根据阿什肯纳兹犹太人的习俗，新生婴儿的名字用于纪念死者而不是取悦生者。妈妈坚守这一习俗，拒绝改变自己的决定。最终，她退了一步，同意给儿子起名莫里斯·艾萨克。但是，阿布罗和阿布拉并没有因此而息怒。他们宣布不参加孩子的割礼仪式，除非把孩子的名字改成艾萨克·莫里斯。随着割礼的临近，我妈妈和爸爸之间的关系越来越紧张。巴巴和赛德想到了办法，他们请邻居拉比盖姆巴赫，一位来自土耳其的赛法迪犹太人，去劝说阿布罗和阿布拉。他们很敬重盖姆巴赫，盖姆巴赫告诉他们即使艾萨克是我弟弟的中间名，阿布罗·艾萨克这个名字受到的尊敬程度也是一样的。阿布罗和阿布拉就这样被说服了，参加了割礼仪式，家庭表面的团结和睦也就重新恢复起来。

通过讲述这个故事，我明白了为什么要认同赛法迪祖父母的痛苦和失落。我知道，如果我的公婆这样给我的儿子起名字，我肯定不只是满腔愤怒。但是，现在我明白了，通过这种协商，阿布罗和阿布拉就能够在家族里给他们的传统和记忆找到一个从属地位，就像在过逾越节时一样，我们总是去他们家吃第二顿而不是第一顿逾越节晚餐。

我永远不会忘记他们在卡纳西的公寓里举行的那些第二日逾越节晚餐会。我永远不会忘记阿布拉所做的饭菜：酸酸的鸡蛋柠檬汤，用葡萄叶裹成的美味可口的大米松子卷，还有酥脆的洋葱花生饼。我永远不会忘记阿布罗所讲述的驱逐出埃及的故事，如同说戏一般精彩。阿布罗说西班牙语，阿布拉也说西班牙语，他们的西班牙语都很棒。他们的西班牙语使人想起栽满石榴树的果园，在霞光满天的傍晚，黄色的金丝雀在镀金的笼子里歌唱。这是来自我的那些顽强祖先的礼物。在我还是小女孩的时候，我还没有西班牙语名字，还不知道他们说的是一种古老的西班牙语，出自许多个世纪之前的西班牙。我多么想再听到他们的声音，多么想再听到阿布拉那样欢快地呼喊我的名字，不是露丝 (Ruth)，也不是露蒂 (Ruti)，而是露蒂卡（Rutica）。哪怕是再听一次，阿布罗用哀伤的声音喊我弟弟的名字"莫里（Mori）"。因为我们发现"莫里斯"（Morris）这个名字在平时显得那么古板。Mori这个名字的重音在字母"o"上，这也是我们叫我弟弟名字的发音方式，但是，如果你把重音放在字母"i"上，它就变成了"morí"，在西班牙语中的意思是"我死了"。

我们从来都不叫我弟弟"艾萨克"。阿布罗活着的时候，我们从未给予他这种快乐，直到他去世，我们仍是没有给他。艾萨克从我们身边消失了，它一去不复返，千真万确，带着痛苦，像一个用古老的赛法迪民歌和自己的爱人道别的男人一样。

年轻时的巴巴

———

哈瓦那

1929 年，拍摄者佚名

手写书

20 世纪 70 年代，我渐渐长大懂事了。那时我们家还在纽约为养家糊口而奋斗。务实的人们都在贩卖布匹、毯子和鞋子，他们很担心我心不在焉的样子。

我最喜欢的一件事就是读书，小说、历史和哲学书都读，别人都认为我在浪费时间。当我告诉家人我想成为学者和作家的时候，他们就开始真正关心我了。我的家人喜欢人多热闹，爱开玩笑，喜欢跳萨尔萨舞，所以，我喜欢日夜安静读书的欲望对他们来说是一种孤独的、悲伤的、没有前途的追求。

家里的"美国人"比尔舅舅说："你很傻。如果你足够聪明，你应该去做律师或医生。"他有时甚至说："为什么要努力学习？待在家里，等男人来娶你就行了。"这正是我爸爸所希望的。

唯一反对的声音来自我的外婆巴巴。"如果她愿意成为学者和作家，就让她去做吧，"巴巴对其他人说，"她像我的父亲，他的外曾祖父。"

巴巴于1927年从波兰来到古巴。与那个年代在岛上定居的其他犹太人一样，她在古巴结了婚，养育了三个孩子，从来没有离开的想法。但是在菲德尔·卡斯特罗上台后，由于没有生计，她不得不再次移民。于是，她和家人就移民到了美国。

有了两次移民经历，巴巴工作得非常努力。在古巴，她和赛德在他们的小店铺一起卖鞋带。小店位于老哈瓦那区的鳄梨街，他们花费数年心血才盘下这个小店，但是在革命之后就被没收了。此后，她和赛德在纽约一家破旧的商店卖布匹，这家商店属于从古巴来的另一个犹太人，位于皇后区高架列车之下的牙买加路上，到处都有列车嘈杂的声音。他们每周工作六天，但从来不显得寒酸。赛德有一头漂亮的白头发，总是穿着西服打领带。巴巴总是穿着裙子、长袜和高跟鞋。每到周六下午，我很喜欢去给他们帮忙。学巴巴把系着绳子的剪刀像项链一样挂在脖子上，我觉得自己好像长大成人了一样。可是，她从来都不让我剪布。一天工作结束之后，尽管头痛欲裂，她还是愿意读书学习。她晚上去当地一所高中学习英语课程。因为失眠，她夜里读意第绪语报纸《前进》。她手头有沙勒姆·亚拉克姆、艾萨克·巴什维斯·辛格和其他伟大的意第绪语作家的作品。几年之后，她的英语学得更好了，也读过丹尼尔·斯蒂尔的小说。

巴巴和赛德退休之后就搬到了迈阿密海滩。赛德去世之后，我经常去看巴巴，常常看到她半夜坐在床上看一本手写的意第绪语书。她时而笑出声来，时而眼泪汪汪。

"你在读什么？"我问她。

她用英语回答道："一本书。"然后就神秘地转过身把书藏在被子下面。她告诉我，这本书是她借的，她不能拥有它。

在我的纠缠之下，她才告诉我这本书是她父亲，也就是我的外曾祖父，所写的一本未出版的回忆录。他1925年就到了古巴，是我妈妈家第一个到达古巴的人。他做过犹太屠夫、圣诗领唱和街头小贩，挣了足够的钱把巴巴带到古巴，巴巴是唯一一个能帮助他把全家人带出波兰的孩子。作为七个孩子中年龄最大的一个，巴巴早就被外曾祖父要求代替大弟弟莫什跟他来到古巴。虽然是女流之辈，巴巴并没有使他失望。她长着一头干枯的棕色头发，一双朦胧的棕色眼睛。巴巴虽然认为自己没有像她金发碧眼的妈妈那么漂亮，但是她知道自己聪明能干。她自己常说，和那些意志薄弱的、"只会泡茶喝水的"女人在一起非常无聊。

巴巴的梦想是在古巴成为一名夜总会歌手。但是，在1929年，也就是她到达古巴两年之后，她就嫁给了赛德。在这期间，她在哈瓦那郊区阿特米萨的一家商店做售货员。经过五年的节衣缩食，他们一起竭尽所能把我的外曾祖母、舅奶们和舅爷们都安全地接到了古巴。那是1934年，恰好是大屠杀前夕，他们踏上了热带地区。希特勒刚被称为元首。如果留在波兰，他们都将全部丧生，就像留在波兰的那些亲戚一样。

离开妻儿九年之后，外曾祖父又见到了他们。他激动万分，他想讲的故事喷涌而出。1934年，也就是家人团聚的那一年，他用两本空白会计账本写下了家族传奇。

他在故事开头写道："我年轻的时候很苦。"在波兰，家人赖以生存的只有母亲每周从他们的奶牛身上弄到的两磅黄油。他父亲砍柏树枝用于取暖做饭，屋里到处都是浓烟。用外曾祖父的话说："我父亲认为，一个孩子，只要能走路，会说话，就应该自谋生路，满足自己的需求。"

我外曾祖父在他的家族史中写到，他们家住在阿格拉蒙特镇，镇上有一家很大的糖厂。小镇还保留着浓厚的西非传统，以尊拜圣徒拉撒路闻名。拉撒路在非裔古巴人的神殿里被称为**大地之父**，是一位可以治愈体弱多病者的神。

但是我外曾祖父好像从来没有真正到达古巴一样。

他既没有写漫长的海上行程，也没有写穿着毛衣到达热带时的感受，没有写芒果的味道，也没有写人们深夜呼唤大地之父的鼓声。他只是沉浸在一个失落的世界里，用意第绪语书了他穷困潦倒的青年时代，他对一场包办婚姻的拒绝、他对我外曾祖母的爱，以及他们在第一次世界大战期间的艰难岁月。外曾祖父是一位黑头发的瘦小男人，带着一副比脸还宽的眼镜，而我的外曾祖母则体态丰满。在老照片里，她比他高很多，她的胳膊搂住他的腰，好像他身体羸弱得无法靠自身力量直立一般。我的外曾祖父笃信宗教，虽然他没有把自己正宗的信仰强加给他的孩子和孙辈们，但是他希望过一种比犹太教更伟大的生活，而这在古巴是不可能的。1948 年，我的外曾祖父母就移民到了新建国以色列。

在 20 世纪 60 年代，我们家离开了古巴。那本书就传到了我的舅爷格舍姆手里。这也很正常。不论在古巴还是在迈阿密，他过得都很好。他是一家之主，俨然一位受人敬重的教父。巴巴年纪最大，但是她仰仗弟弟，因为他既有财富又有才智。她和赛德从来没有找到发财的秘密。

"格舍姆，请把爸爸的书再借给我看看。"在家庭聚会时，我听到巴巴这样说。在我看来，她说话的时候，胆子太小，简直像乞求一样。我看到，格舍姆很不情愿地把那本书借给她，而且还提醒她要把书归还给他。

多年以后，在1996年，有一次，我申请了资助经费去迈阿密做五个月的研究，大卫和我们那时才10岁的儿子加布里埃尔陪我同行。我们每天下午都去看巴巴，而且会在她的厨房读那本书。

我们相对坐着的几张木椅是黄色的，富美家餐桌是黄色的，金盏花墙纸是橙黄色的，搭配特别完美。我不认识意第绪语，而且巴巴和我从来不说英语。她只是为我们做了最自然的事情：耐心地用意第绪语大声朗读外曾祖父的故事，然后一字一句用西班牙语翻译出来，我边听边写。那些傍晚的霞光好像是专为照亮我外曾祖父的文字而发明的一样。

一天下午，这种迷人的情景被格舍姆的敲门声打破了。

我站在外婆的身边，轻声地说："不要把书还给他。"格舍姆已经允许巴巴把两册书看了几个月，但是我不想外婆再还回去。

"我怎能不把那书还给他？"巴巴问道。

"把那书藏起来，然后告诉他，没有找到。"

我外婆大吃一惊，但是她还是按我说的做了。

格舍姆进屋之后的第一句话就是："把书还给我，艾斯特。"

她答道："我不知道放到哪里去了。我以后再找。你先坐会，我去拿点心。"

后来，她还用了所有那些来自古巴的意第绪老人喜欢用的西班牙双关语。"要喝茶么？"（¿Te quiere?）她问。这句话的字面意思是："他或者她爱你么？"但是若这个单词"té"的重音落在"e"上，它的意思就是"茶"（tea）而不是"你"（you）。所以，这一个问题是一个妙语双关，也可以理解为"要喝茶么？"

那天，格舍姆同意喝茶吃点心了，而且此后数日也是如此。

这样，巴巴在她生命的最后四年里都保留着那本书。我为我们的计谋颇感得意。确切地说，我的小伎俩虽然有点歪，但是这也说明了世界上万事万物的公平分配。格舍姆有钱，有坚定的自信，我们则有那本书。

巴巴死后不久，我就在她的床头柜下找到了那本书的藏身之处。一找到那本书，我就匆忙赶回自己家，如同得到了不义之财一般。我把它藏在我的防火文件柜里，我把家里的老照片和其他来自古巴的纪念品也都放在文件柜里。

格舍姆比巴巴多活了两年。当我妈妈的一个以色列表亲得知我得到了那本书，她就要我返还给他。"你要它干什么？"她嘘声说，"你连意第绪语都不懂。"

她是对的，但是我没有把书给格舍姆。我发现，我自己和格舍姆一样贪婪，都想独占那本书。不，我比格舍姆还贪婪。我的理由是，我给家里的每个人都复印了一本。但是我还是抓住手写原件不放。

正如雅各与他母亲串通偷以扫的继承权一样，巴巴从她弟弟那里把那本书偷来传给我。很高兴，我们是如此高尚的小偷。在我们家里，想成为一个学者和作家是不容易的。缺少他们的鼓励在我内心留下一种不安全感。巴巴懂得我所面临的挑战。

在我最艰难的时候，当我不知道多年的阅读学习教给我什么东西的时候，当我不确定我能否写好的时候，我就从我的外曾祖父身上汲取力量。他能够在栽满甘蔗的古巴小镇上静下心来写下一个即将消失的波兰犹太人世界，真是让我惊叹不已。现在，我拥有了那本书，我意识到自己并不孤单。我想学习和写作的愿望也并非空穴来风。我是一种遗产的传承者，我永远不会遗弃它。

也许，我学会意第绪语去阅读原文的日子还没到来。但是如果这一天永远不会到来，我也不会放手那两个账本。那套书是我的盾牌，我的护身符，我最珍贵的宝石。我精心地守护它，把它藏起来，锁起来。不让他人看见——甚至不让我自己看见。

注：有些人名经过改动以保护家人隐私。

哈瓦那的阳台

从左至右：米格尤尔，妈妈，赛德和露丝
1958 年，拍摄者佚名

我在林肯路星巴克哭的那一天

那本来是一段非常幸福的日子。在 2009 年，我一个人逃离了密歇根沉闷的冬天，来到迈阿密海滩进行四个月的教学研究。大卫还在密歇根上课，加布里埃尔已经从纽约大学毕业，住在布鲁克林区。我在距海只有一个街区的一幢装饰古老的大楼里租了一套公寓。一切就绪之后，我就打算邀请我的舅舅米格尤尔和舅妈蕾娜以及他们的孩子和孙子，还有我妈妈的表妹安娜星期天过来吃顿饭，欣赏一下美景。

但是二月份，也是迈阿密一年中最美的时候，我在《哈达萨杂志》（*Hadassah Magazine*）发表的一篇文章破坏了我的计划。

原来我给这篇文章起了一个无伤大雅的标题："来自古巴的意第绪语书"。我讲述了我如何在巴巴的帮助下获得我外曾祖父的手写回忆录的故事。我在文中写道："很高兴，我们是如此高尚的小偷。"

《哈达萨杂志》的编辑觉得这句话很有戏剧性，就把我文章的标题改成"如此高尚的小偷"。我害怕这个新的标题会被家人误解，把它当作我确实是小偷的事实陈述。我就想把它改回到原来的标题。但是，一切都晚了，杂志已经出版了。

这是我第一次在《哈达萨杂志》上发表文章。在巴巴去世之前，她使我成为哈达萨的终身会员。这是一个犹太妇女组织，巴巴在退休定居在迈阿密海滩之后，她一直是这个组织的积极分子。我以为，在这个组织的传播很广的杂志上发表一篇文章纪念巴巴，该是件很好的事。

但是我没有想到的是，"传播很广"就意味着我的家人、我们家来自古巴犹太移民圈的许多朋友都会看到这篇文章。最糟糕的是，他们确实读到这篇文章，并且他们憎恨它。

最恨这篇文章的人就是我的舅舅米格尤尔。

他打电话给我说："你明天上午能来林肯路上的星巴克见我吗？"

"可以，没问题。"

"11点。我得和你谈谈你在《哈达萨杂志》上发表的那篇文章。"

我舅舅要我在星巴克见他？我真不记得什么时候和他单独见过面。我见他的时候，我的舅妈蕾娜常常陪在他身边。而且他们的三个孩子和他们的配偶以及孙辈们都在旁边。他们住在迈阿密海滩，彼此关系很亲密，相距只有几个街区。

我的姨妈西尔维娅 10 岁、妈妈 8 岁的时候，米格尤尔才出生。他们家刚从阿格拉蒙特搬到哈瓦那。1944 年，靠好运气，外公在古巴中了五千比索的彩票大奖。有了这笔钱，他和外婆才离开农村，来到鳄梨街买下了他们的鞋带店。

我出生的时候，米格尤尔才 12 岁，太小了，不像一位舅舅。

在密歇根我的书桌上，有一个相框，裱有一张发黄的照片。我只有 1 岁，穿着水手服，坐在外公的膝上。这张照片是我们在哈瓦那的老房子阳台上拍的。妈妈坐在我们旁边的摇椅上。米格尤尔半坐在摇椅的扶手上，他穿着一件短袖衬衫和一条精剪西裤。他虽然不是男孩了，但也不算是一个成年男子。

后来，我们都离开了古巴，来到美国定居。我觉得，我舅舅米格尤尔并不赞成我所想成为的女性：脑子好，独立自主，无拘无束。虽然婚后做了妈妈，但是我数次独自一个人返回古巴——一个我们不应该回去的地方。

"我还没看到林肯路上有一家星巴克。"我说。

"有的。你会找到的。"

我听到他的声音有点颤抖。

第二天是星期天，我一大早就起床，到沙滩溜了一圈，享受一下大海的平静，任凭海风像丝绸一样吹拂着皮肤。沐浴在阳光之下，我觉得非常幸运。密歇根那里正是天寒地冻。

但是我没有在海边逗留太久，我要按时赴约去见米格尤尔。我的停车位原来就在那家星巴克拐角处，但我从来没有注意过。外面所有的桌子都有人了，我就在里面靠窗的一个桌子旁坐下。我扔掉桌子上剩下的纸杯，用纸巾擦了擦餐桌。然后就忙着把我的黑莓手机上的垃圾文件删除。

手机响了。

"你到了吗？"

"是的，不着急。你慢点。"

"我马上到。我只想确定你已经到了。"

米格尤尔到了之后，我们快速亲了亲脸颊以相互问候。我真有点不相信他已经六十多岁了。我年轻的舅舅脸颊越来越红，花白的头发越来越稀疏了。

"你喝点什么？"他问道。

"一杯冰茶。"

"早晨喝冰茶？不喝咖啡？"

"我早晨不喝咖啡。它让我有些偏头疼。"

米格尤尔好像皱了一下眉头。我怀疑，我的回答又加深了我在他心里怪胎的印象。

他返回来把杯子放在我面前。"一杯热果茶，行不行？"

"谢谢，很好。"

他自己要了一大杯咖啡。他从衬衫口袋里掏出一张揉皱了的纸，打开一看，原来是我那篇文章的一份复印件。

我有点尴尬。

"你准备好了吗？"米格尤尔说。

"当然，一切都准备好了。"

他的复印件上画满了圈圈杠杠，几乎模糊不清。

"这里，在开头，你说你想成为学者，所以你应该继承我爷爷写的那本书。但是什么是学者？学者是一个在某方面懂得很多的人。

我是一个会计,我对会计很了解。我也是一个学者。我是一个会计学学者。所以,我应该得到那本书。你打算把那本书给我吗?"

我还没有想好如何回答,他就从衬衫口袋里拿出一支钢笔,在一个已经画过圈的单词上又画了一个圈。

"这个词,我真的很讨厌。'很小'(tiny)。你为什么用这个词?"

"你是说,我说巴巴和赛德在哈瓦那的鞋带店很小吗?"

"它一点也不小。它一点也不比鳄梨街上其他犹太人拥有的店铺小。"

"但是,我没有把它们的店和任何人的店比较。我只是说他们的店铺小。我听到别人也总是这样说。"

"你如何知道?你年纪那么小,怎么能记住?我记得,因为我在那里。我在店里和他们一起干活。然后,卡斯特罗上台就把它没收了。"

"如果我用'小'(small),而不是'很小',你会喜欢吗?"

"也许。'很小'让人听起来他们的店很穷——好像什么都没有。好像他们什么都不是。"

"对不起。我没有想到你对'很小'的理解这么多。我只是想说他们的店铺是一个很小的店铺。"

"你应该成为一个作家,但是你好像不考虑你所用的词语的含义。"

我向窗外看了一眼。林肯路上星期天的世俗之美真令人羡慕不已:朦胧的晨曦,随风摇曳的棕榈,林荫道上闲逛的行人那么无忧无虑,和爱人一起,牵着他们的孩子,带着奇异的小狗,提着满满的购物袋。

米格尤尔用钢笔又重新圈出了一个单词。

"你又说巴巴来到纽约后在一家'破旧的商店'（rundown store）工作。它不是破旧的。你知道那是谁的店么？它是雅各布的。他是我们家的一个朋友。你认为他喜欢你把他的店铺说成是'破旧的'么？这是很难听的话。"

"但是，那家店铺确实很破旧！我记得很清楚。我经常周六去给巴巴和赛德帮忙。我记得那些精美的布匹。我记得店铺上面高架火车的哐啷声。我记得巴巴用绳子把剪刀挂在她的脖子上用来剪布。"

"那是一家不错的店铺。雅各布提供给他们工作，就是好人。我也在那里工作，我很努力工作。我把一箱一箱的货物搬到仓库。我们身无分文，而我必须想方设法。你也许不知道这些。"

我可以看到，刚从古巴来到美国的米格尤尔只有17岁，几乎不会说英语，但是必须整天搬运成捆成卷的布匹，他的眼睛因沾满灰尘而发痒，双手酸痛，长满了老茧。那时，他和巴巴、赛德住在皇后区只有一间卧室的公寓里，比我们的公寓低三层。在晚饭之前，他都要洗澡，这是他在古巴养成的习惯。我记得，他刚从浴室出来走向卧室，身上披着一条大浴巾。抖落一地的爽身粉，像沙子一样闪闪发光。

米格尤尔跳过了下面几行。幸亏，他没有看到任何冒犯的语言。后来，他的笔停在了我说那本书落到了我的舅爷格舍姆之手这一点上。他用一串黑色的墨水划出这句话，并且把我的话朗读给我听：

"这一点也不惊讶。不论在古巴还是在迈阿密,他过得都很好。他是一家之主,俨然一位受人敬重的教父(godfather)。"

"这太可怕了。你怎么称他为一位'教父'?教父是一位黑手党成员,是一个为了获得自己想要的东西而杀人的人。"

"我用这个词不是这个意思。我用的是古巴语或拉丁语中'**教父**(padrino)'这个词的意思,意思是家长,一家之主。"

"你说的是'教父'。这个词真的伤害了安娜的感情。"

安娜是我的二表妹,也是格舍姆唯一幸存的孩子。她也住在迈阿密海滩,但是很少打电话给我,也很少亲自和我见面。不过,她给我发了一封电子邮件说我的文章使她感到非常伤心。她吩咐我以后再也不要写他的父亲。"让他安息吧。"她强调说,但是在邮件结尾她写道:"我仍然爱你。"可是,我不知道她是否是认真的。后来,她对家族里的其他人说她不想再见到我了。

伤了安娜的感情,我觉得十分过意不去。我心里总是想着她。她弟弟在古巴死于白血病。但是在她弟弟离开这个世界的时候,没有人告诉她是怎么回事。我已写信去寻找他在古巴的犹太墓地,尽管我措辞非常委婉,但是她在电子邮件中告诉我,她不想让我再提及她的弟弟。

米格尤尔摇了摇头道:"安娜不想让她的孩子看到你的文章。她知道他们也会生气的。但是有人在加利福尼亚看到你的文章,并把它发给她的女儿。"

安娜也有两个儿子,我一直与他们相处融洽,特别是她的小儿子,具有艺术气质,用了她弟弟名字。也许,他也发誓不再和我讲话了。

　　不管在古巴，还是在古巴犹太人领地，格舍姆都是一家之长。我该如何处理这种情况呢？我们都依赖他的施舍。我父亲是在哈瓦那港附近的一间出租屋里长大的赛法迪犹太人，他新婚不久，我妈妈就怀了我。是格舍姆给了我爸爸一份在他店里当会计的工作，这样他才能养活我的妈妈；是格舍姆把他的一套私有公寓卖给巴巴和赛德，这样他们才能南下去迈阿密海滩度过幸福的晚年；是格舍姆帮助了他那作为梦想家和社会主义者的弟弟杰米；是格舍姆帮助了他在以色列基布兹迦的四个侄女。

　　我难道想暗示格舍姆是一个坏蛋，因为他是一个有办法的人而且他知道他是一个有办法的人？绝对不是。我觉得他是一个很有魅力的人，而且我们关系不错。他总是问我为什么不去以色列挖掘点东西。我告诉他我不是考古学家，他说那无关紧要。他认为，我喜欢做研究是一件很好的事情，而且他希望我有一天去写一写古巴犹太人的历史。

　　有一次，我去迈阿密游玩，他领着我在一个朋友仓库的旧皮箱里找所谓的重要文件，但是白费工夫。这些"文件"大都只是一些从迈阿密报纸的社会版上剪下来的碎片，而且经过洪水浸湿，变成了一堆纸浆。为了寻找这些文件，格舍姆带着我搜遍全城，几次在高速公路上突然把他的凯迪拉克车停下来找出口标志，好像坐过山车一样刺激。好在我们没有出车祸。但是我并不害怕。格舍姆这样诚心诚意地帮助我，我知道，好像有天使在眷顾我们。

　　我能够明白，他的女儿和孙子为什么会觉得我在文中对他的描写不得体。他们会把格舍姆描述成家族里最慷慨的慈善家。由于我们之间的差距，而且作为来自比较贫困家庭的孩子，我逐渐发现，接受他施舍的人，特别是我的父亲和外祖父，都怨恨他。因为他们也开始觉得，巴巴好像更崇拜她的弟弟，而不是她的丈夫赛德；妈妈似乎也没有注意到爸爸还带着那种被格舍姆看成一文不名的土耳其人的伤痛。因此，爸爸总是想方设法要求妈妈、莫里和我服从他，像一个自我怀疑、伤心欲绝的独裁者一样严厉地管制着家人。作为后辈，我也没有逃离这种"阶级暗伤"。我因卑微的出身而感到羞耻。在一个以财富衡量价值的世界，那些和我最亲近的人还没有取得足够多的财富。"囊空如洗永远算不上等级，"碧丽·郝丽德唱得真令人心酸。我真傻，我以为，我可以用写作弥补赛德和爸爸的伤痛。

我很快得知，米格尤尔毫不同情我的处境。"你可曾想过，也许格舍姆有那本书是有什么原因的？他是长子，也许他父亲要把那本书给他。"

"我真不这样认为。巴巴才是最大的孩子。"

"但是你真的不知道。"

"是，我不知道。"

"所以你决定把你外婆——我的母亲——变成小偷，这样你自己就可以独占那本书了。"

"我并没有强迫巴巴做任何事情。我建议她保存那本书，但是她有权做她想做的任何事情。"

"她那么爱你，所以她愿为你做任何事情。"

"我也可以为她做任何事情。我崇拜巴巴。"

"那么，你为什么玷污她的名声？"

"我没有玷污她的名声。"

"你做了。你说她是一个'高尚的小偷'。我父亲总是说一件事，一个人一生所拥有的最重要的东西就是他的名字。如果你毁了它，你就毁了他的一切！"

"米格尤尔，求你了！我用的'小偷'只是一个比喻。"

"你看，我想你忘记的是，巴巴不只属于你。她也是我的母亲。她也是我的孩子的奶奶。我们都爱她，不只是你。"

这些话莫名其妙地让我流下了眼泪。

米格尤尔笑了。"好，"他说，"很好，你哭了。"

他盯着我看，我屈辱地低下头。我最后抬起头来的时候，却发现前台已经排了很长的等着点餐的队伍。我多么希望我从他们之中消失，从此音信全无。

但是，刀子越割越深。"你是那种想方设法搞到你想要的资料的学者，是不是？如果我打电话给你在密歇根的大学，告诉他们你偷了你舅爷的那本书，因为你认为你有权得到它，你会怎么想？而且你一点也不懂意第绪语。那么，你为什么要那本书？"

"米格尤尔，我是唯一一位关心我们家族历史的人。我有原件，那又怎样？你可以看故事，全都翻译出来了。"

"如果我想成为那个持有原件的人，又将如何？你会把那本书给我么？或者我有必要去你的文件柜把它偷来么？"

我想说的是："当然，如果你想要那本书的话，我会给你的。"这些话没有从我嘴里说出来。当我喝完最后一口热果茶，我确信我是卑鄙者之中最卑鄙的。我盼望米格尤尔在我面前把我的文章撕碎。但是，他认真地把它折好，然后塞回到衬衫口袋，像对待犹太法典一样小心谨慎。我们有礼貌地说了再见，然后就在林肯路上分头离开。

数日过去了。我每天早上都去海滩散步。

我没有收到米格尤尔或者舅妈蕾娜的消息，我也没有给他们打电话。

四月份，我妈妈的两个表妹来玩，我们在林肯路上吃了一顿午饭。他们讲述了在小哈瓦那饭店举行家宴的事情。如果我去，安娜就拒绝去，而且他们认为米格尤尔和蕾娜也是这样想的。他们说我最好不要去添乱。我再次感到自己是被家族排斥的人。

犹太人自由解放的纪念日——逾越节来而复去。我还在被放逐之中，不配在迈阿密家族里的逾越节晚餐上有一个位置。幸亏，我的一个朋友的父母邀请我去他们家过逾越节，我才不感到孤独。但是，我仍感到悲伤，因为我唯一一次在迈阿密过逾越节却遭到亲戚冷落。

五月初，我在迈阿密海滩的日子快要结束了。当我沿着威尼斯大堤驱车返回我所租的公寓时，我瞥见米格尤尔和蕾娜在夕阳下散步，瞬间即逝。

夜晚变得越来越热了。我看到米格尤尔在用纸巾擦脸，蕾娜耐心地站在他身旁。在古巴，他 15 岁、她 13 岁时，他们就成为情侣。我希望他们永远幸福，我年轻的舅舅和和蔼的舅妈。她喜欢唱歌，也是每场聚会的活力。在过去，我会把车停下，下车去问候他们，载他们一起回家。但是，现在我觉得我应该悄悄地走开。我是一个陌生人。

该收拾行李返回密歇根了，那里正春寒料峭。在关上装饰艺术公寓房门之前，我回头看了一眼外面的景色——辽阔的天空，碧绿的海洋，那么美丽，也那么孤独。在那一刻，我还不知道，我的舅舅米格尤尔是否最后原谅我，再去他们温暖的家我还受不受欢迎。我还不知道，以后，很久以后，我的表妹安娜是否还把我当作家人。在那一刻，我确定我的罪孽严重到了无法原谅的地步。幸好，还有天空和海洋爱着我。

注：有些人名经过改动以保护家人隐私。

为加布里埃尔跳的一支探戈

　　在我的儿子加布里埃尔上高一的时候，电影课老师给他布置了一项作业，制作一个追逐的场面。他做了一个短片，标题是《奔跑》。

　　作为剧里的主角，加布里埃尔在短片里扮演一个在课桌上因厌烦听课而睡着的学生。他进入梦乡，离开教室，在走廊里漫游，发现一个开着的寄存柜。他看到里面有一件夹克，他在夹克口袋里发现了一个钱包，想把钱包抢走。正当他把钱包偷偷塞进自己的口袋时，那个钱包的主人、他的朋友正好当场发现他。接着就是追逐场面。两个小伙子飞一般地穿过一道道走廊。加布里埃尔跑下一大段楼梯，他的朋友在后面追赶。加布里埃尔用力一跳越过栏杆，安全落地，冲出门外。但是，他一跑出门外就摔倒了。那个被背叛的朋友，一个身材高大的家伙，一把拽住加布里埃尔的领子，朝他的面部打了一拳。镜头渐渐变成黑色。加布里埃尔从梦中醒来。短片结尾又回

加布里埃尔，第二次膝部手术之后

安娜堡，密歇根
2004 年，杰克 · 瑞奇拍摄

到了开头，他仍然无聊地趴在桌子上，无精打采地摆弄着铅笔。

我儿子把自己塑造成一位运动员：四肢灵活，劲头十足，跳跃迅速。片子展现了速度的魅力，同时也表现了安静地坐在教室里却想奔跑的状态。作为加布里埃尔的母亲，我在短片中注意到，当他跑下楼梯的时候，他的双腿有些不对称——他喜欢用左腿。但是我没有说什么。

加布里埃尔在奔跑——这才是最要紧的。他能够自己制作电影《奔跑》，而且他亲自去跑了。

那是一个星期六的夜里，加布里埃尔用我大学里的电脑完成对《奔跑》的剪辑。我记得那一天是 2003 年 3 月 29 日，加布里埃尔十六岁半。第二天下午，他去参加周日篮球比赛。他和高中同学参加的是业余篮球队，没有太多竞技性。在赛季的大部分时间里，他都不太积极，打得非常小心，常常停下来去喝水。他没有全力投入比赛之中。我难过地看着他无精打采的表现。但是，他在 12 岁之前可是一位身体强壮、活力充沛的运动健将。一想到这些，我的悲伤总是会变成愤怒，他本来应该可以成为一个运动健将。但是，我又告诉自己，幸好他回到比赛，又能和朋友一起玩了。

3 月 30 日，星期天，他打得有点不一样了，显得更加自信，也许是因为他刚刚完成《奔跑》。他一直在场上，没有喝水休息。他投进了他本赛季的第一个球，十分高兴。他处于防守对手位置，悲剧就发生了。他跳起来，在空中失衡，跌倒在球场，腹部着地。我闭上眼睛祈祷我所担心的事不要发生。我再看的时候，他正用拳头敲打着地板。

大卫和我立即冲过去。我们到他身边时，加布里埃尔说的第一句话就是："给我把拐杖拿来。"他站不起来了。比赛还没有结束。几个队友帮助他一瘸一拐地跳到场地边，坐在长凳上。比赛在加布里埃尔的默默注视之中继续进行。我坐在他身边。过了一会，他就让我回到体育馆的另一边。

比赛结束的时候，大卫已经拿来了他在家里找到的一副拐杖。我们保存着这副拐杖，虽然我总是想把它们扔掉。把不再需要的拐杖留在家里将带来厄运。但是我已经忘了，它们还在我的柜子里，已经四年了。现在这副拐杖对加布里埃尔来说太小了。他必须弯下腰，弓着背，才可以行走。看到他再次使用拐杖的样子真是令人伤心。

他完成《奔跑》后的那一天，加布里埃尔的跑步道路中断了。他奔跑又被抓住。很不幸，这并不是一场梦。他制作电影的最初努力却成为不祥之兆，是一首纪念失去速度的挽歌。

在少年时代，加布里埃尔是一位体育明星，几乎没有不擅长的体育项目。他的同学都称他为六年级最健壮的男生。他和我爸爸一起打壁球，和我公公一起打网球。他身体的协调能力令人惊叹，反应能力也极其敏锐。11岁的时候，他就是他们篮球队的控球后卫。他也即将成为一个有前途的足球运动员。但是，他并不热爱足球。使他成为如此有价值的足球队员的原因是他的敏锐的战略意识，场上的其他队员都听从他的指挥。他传球很准，可以传到队员的脚下，他们就可以轻松地把球送进球门。他的脚像长了翅膀一样。一场比赛下来，他可以踢进几个球，和对手拉大比分差距，令人惊叹不已。

他具有舞蹈演员的优雅风度，但是却不愿听从我的劝告去学芭蕾。他只想做男人所做的事情：体育运动。

在他踢足球的时候，我带了本书在场边看。我觉得其他父母把这些比赛看得太当真了。但是过了一会儿，看到儿子在场上表现得如此自信，我高兴得没有心思看书了，不可能一点都不在意。父母之间的团结也给我一种团队精神。在孩子们每周一两次比赛时，我就坐在大卫旁边，和其他父母一起在草坪上观看。当加布里埃尔进球的时候，我就兴奋地跳起来，冲到场边，和加布里埃尔一起奔跑，就像啦啦队队长一样。我平时常穿定做的裙子和高跟鞋。有时天冷，我就穿着长内衣和贴身夹克；有时天热，我就穿着 T 恤和牛仔裤，给儿子呐喊："加油，加布里埃尔！"我从来没想到我会成为一个狂热的足球妈妈。比赛结束时，我喜欢按顺序给儿子递上果汁和奥利奥饼干，当作他的小吃。和所有的孩子一样，加布里埃尔也汗流浃背，满脸通红。他朋友的父母常常在我和大卫面前夸奖他的足球技术。他们问："你们两个知识分子怎么能生出这样有体育天赋的孩子？"我恐怕它们给加布里埃尔带来厄运，事实果真如此。

大卫和我都没有体育天赋，而且我们也不鼓励加布里埃尔从事团队体育运动。大卫在儿童时期就有高度近视，带着一副厚厚的眼镜，早就成了一个书虫，而且有些驼背。而我呢，9 岁时，在纽约的一次车祸中，我的股骨被撞断了，用石膏固定了一年。拆掉石膏以后，我用拐杖用了几个月，腿瘸了很长时间，家人都以为我以后不能正常走路。我花了数年的时间才可以相信自己的双腿。在少女时代，我就对体育活动失去了兴趣，转而在书中寻找安慰，幻想飞往外界的旅行。

作为小有名气的运动健将，加布里埃尔想一直住在安娜堡镇。每次我建议搬到更暖和的地方——我梦想的迈阿密海滩或者温暖的海边——加布里埃尔就会否决我的提议，求我在他上完高中之前不要搬家。看到他在他出生和成长的大学城如此舒适，我也觉得应该在安娜堡扎根了。作为一名人类学家，我是一个被准许在西班牙、墨西哥以及我的故土古巴做研究的侨民，我一辈子都不想回答我属于哪儿的问题。也许，现在是我应该最终成为美国人的时候了。我在密歇根大学有一份稳定的工作。我有一栋房子，一辆汽车和一个退休账户。

加布里埃尔曾经有一个梦想：长大以后，成为一个密歇根大学的学者兼运动员，在他们的足球队踢球。带着一种土生土长的孩子的自豪，他告诉我："妈咪，密歇根大学有全国最大的大学体育馆。想一想，我可以为 12 万人踢球！"

安娜堡是一个足球城，年复一年，秋季的周六，街道上挤满了成千上万的球迷，穿着米色和蓝色的衣服来看比赛。我从来还没有看过足球比赛。但是，有一次，我现在还日益怀念它，那一次儿子对足球的热爱吸引着我，我很想去足球馆，就像以前想去球场看儿子踢球一样强烈。我想象自己将来去参观每一次足球比赛，看儿子踢球，希望足球为他铺平道路，实现梦想。

我最大的担心是，当加布里埃尔长大以后，他的一条腿会受伤，就像我小时候受伤一样。他第一次在球场上受伤的时候，我没有在家。在 1998 年 7 月的一天下午，我在洛杉矶葛蒂中心做一场关于千禧年意义的讲座。新的世纪即将到来，它需要解读。我写过一本书，敦促所有人都要全身心地观察他人的生活，成为他人生活的见证者。我把自己写成一个心碎的人类学家，但是我还不知道在安娜堡有一件伤心事在等着我。

就在我按期飞回密歇根之前，大卫在电话里告诉我不要担心。"我们去看了医生。他说没有骨折。他的膝盖肿了，但是应该能消退。不必担心。"

但是，唉，亲爱的上帝啊，当我在机场看到加布里埃尔的时候，我就知道他的腿受伤非常严重。他走路一瘸一拐，看起来像跷跷板一样忽高忽低。看到儿子受伤的样子，我想起了我自己的腿受伤的噩梦。我觉得他需要专业检查来确定受伤情况如何。我很痛恨自己，因为我本能地感觉到他的膝伤绝不是小事。

加布里埃尔受伤的经过使我非常气愤。在一次训练时，加布里埃尔足球队的助理教练加入了比赛。他是一位图书管理员，也是一个跑步运动员，他对比赛要求太严。我注意过，他在赛场上冷眼看着加布里埃尔。当加布里埃尔为球队进球时，他从来都不喝彩。我看到，有一次，他责备加布里埃尔错失了一个掷球破门机会，而不顾及加布里埃尔因使球队失望而产生的自责情绪。在训练那天，在跑去接加布里埃尔传球的时候，他狠踢了加布里埃尔一下。加布里埃尔说他用力之野蛮，就像夹板插入他的腿肚子一样。

他把加布里埃尔撞倒在地，加布里埃尔痛得大叫道："你想杀了我吗？"主教练还斥责加布里埃尔发火，告诉他那只是意外。加布里埃尔一瘸一拐地来到场边，在边线上坐了一个小时，他的队友和两个教练还继续踢球。他是一个好队员，没有告诉他们他痛得多么钻心，只是等待着。两个教练都没有道歉。不久以后，那个伤害加布里埃尔的教练就离开了安娜堡。

那时，加布里埃尔有一头金黄的直发。他身体胖瘦适中，四肢颀长，活泼阳光，像他的父亲一样。他那双温柔的棕色眼睛带着天真的目光，还没有遭受过严重的挫折。在他上六年级前几天，我们前往密歇根大学运动医学系去预约了一位运动医学专家，几位助手和副手忙乎了三个多小时，进行各种检查，照 X 光，用各种奇怪的方式翻来覆去地查看加布里埃尔的膝盖。只见一位身材苗条、手指细长的人走了进来，他才是真正的医生。他动作敏捷地动了动加布里埃尔的膝盖，就下达了坏消息：加布里埃尔的左腿前交叉韧带断了，需要做手术修复韧带。我们还没有明白他的诊断结果，他就抽出一张膝部解剖彩图给我们解释他将如何进行手术。他将从同一条腿上取下一条肌腱——可能是腘绳肌腱，也可能是髌韧带，但是他更偏向于髌韧带——在股骨和胫骨钻孔移植，就可以长出一条新韧带。之后要进行六到八个月的物理治疗。"明年夏天你儿子就可以回到足球场了。"他高兴地通知我。

我放声大哭，加布里埃尔也哭了。在那一刻，我们母子身心相连，仿佛我那曾经受伤的右腿和他现在受伤的左腿是一个身体的一双腿一样。看到我们哭，大卫也不知道该安慰谁。他努力用双臂搂住我俩，但是我俩还是悲痛不已。医生好像没有看到一样。他提醒我们，如果不做手术，加布里埃尔不牢固的膝盖会经常坏，而且会越来越弱。他带着一种不祥之兆的口气说，加布里埃尔要特别小心，不要出现太多"让膝盖受伤的情况"。他必须避免旋转、转身、弹跳类的体育运动。一步出错，他的膝盖可能就无法修复了。然后，他对我儿子说："不要跳舞，不论做什么，不要跳舞。"

我发现自己有些退缩，害怕这种疗法，就问他我们是否可以再看看有没有其他办法。他没有反对，而且让他的秘书送给我们一张其他外科整形医生清单。他强烈推荐了一位哈佛大学的医生。于是，我和加布里埃尔就去了哈佛大学所坐落的美国剑桥市。这位医生建议我们等加布里埃尔大一点再做手术，因为现在手术可能会损伤他的生长板。他拍了加布里埃尔手腕的 X 光照片，告诉我们他在骨龄 14 岁的时候就可以动手术了。他建议让我们再等两年。同时，他鼓励加布里埃尔做一些物理治疗，骑自行车和游泳都可以使身体强壮。

我们暂时有两年的时间。我们就找到了安娜堡的"冰立方"，一个建有巨大溜冰场的体育馆兼物理治疗中心。在训练时，你可以看到孩子在冰面上刚学会迈步的样子；有时能欣赏到花样滑冰高手在优美地做舞蹈动作，有时还可以看到冰球队在场上训练。

加布里埃尔成为冰立方的常客，每周三次来到这里进行物理治疗。他是那里最小的病人。医师尽量使这种常规疗法变得有趣，但是这些训练实际上非常孤独无聊，只能在室内的机器上进行，见不到一丝阳光。

每当经过足球场或篮球场，看到其他孩子在露天场地打球时，对加布里埃尔来说真是一种煎熬。他现在被禁止参加这些运动。他从不自怨自艾，但是当我们开车经过看到其他孩子玩得满身大汗时，我看到了他眼中流露出的悲伤，因为这些都是他喜爱的运动，也是他所擅长的运动。我身体健壮的儿子已经有了看不见的内伤。他看起来正常，但是他不能跳，不能跑，不能旋转，也不能扭动。而且他不可以跳舞。他失去了自由活动的能力，每一个动作都得小心。

自从我接送加布里埃尔到冰立方进行治疗以来，我也成了健身馆的常客。我或者在跑步机上跑，或者脚踏固定不动的自行车。我生来还没有做过这么多运动。也许，我以为如果我的双腿更强壮的话，我可以帮助加布里埃尔锻炼他的双腿。

就是从那时起，我才开始跳探戈。大卫不感兴趣，所以我一个人去了。密歇根的一个朋友给我推荐了当地一家探戈俱乐部，教练是一个阿根廷妇女，她的腿也受过重伤，现在已经康复了。她对我说："我保证你会喜欢它。"

在我成长过程中，我和朋友家人都在聚会上跳舞，大家欢畅地随着萨尔萨和恰恰旋律不由自主地扭动自己的身体，这种活动在古巴犹太移民社区都是必不可少的。但是，把自己教给一个带着我在地板上旋转的男人，学习舞步，留意每一个动作，这一切对我来说完全陌生。

最后，还是我朋友说的对。我确实喜欢上了探戈舞，可是他们说你可以喜欢探戈，但是它不一定喜欢你。我就是这种情况，多年来，我对探戈只是一厢情愿。我在舞池上摇摇晃晃，如同被搬来搬去的家具一样沉重。

慢慢地，慢慢地，我有了一点进步。一旦我学会了基本步法，如穿着细高跟鞋后退走，被带动将在空中旋转时保持拥抱姿势不歪斜，探戈舞就成为一种基本的自我表达形式。谁曾想到在四十多岁的时候我会学这种性感的舞蹈？我现在的年龄应该是研读喀巴拉①的年龄。反而，我现在每周几次和一群陌生人混在一起，一边耐心地相互保持身体平衡，一边听着悲伤的布宜诺斯艾利斯歌曲。

我惊讶地发现，随着我跳得越来越好，我可以和各种身材类型的男士跳舞——高矮胖瘦，年轻年老，都没有关系。我可以与波兰或德国男子共舞，如果在另一个时代，他们很可能共同谋害我，因为他们只会看到我作为犹太人的一面。我可以与巴勒斯坦或阿拉伯男子共舞，如果在另一个地方，他们可能只会把我当作敌人。探戈，像瑜伽一样，能够平息内心的不安，消除内心的偏见和忧愁，通过定期的练习，带来平和。

按照别人的建议，我闭上眼睛在舞池里随着舞伴转动，进入一种"探戈舞催眠"状态。想起儿子的身体活动限制，我常常泪流满面。探戈成为一种倾诉渠道，不用语言，我就可以叙述因加布里埃尔失去他的运动天赋而导致我内心痛苦的故事。我日复一日地负载着这种痛苦，不能诉说，因为我不想使他难过。

在差两个月就到 14 岁的时候，加布里埃尔行了他的受诫礼。在 2000 年 6 月，他的膝部接受了修复手术。他已经读完八年级。他的头发开始变成棕色，像我的头发一样卷曲散乱。他因进行物理治疗而长出了一些肌肉。

局部麻醉是手术所必须。加布里埃尔勇敢地观看整个手术过程。坐在轮椅上被推出手术室之后，他因所用的药物而有些眩晕。他笑

---

① 喀巴拉（Kabba Lah），希伯来语，字面意思是"接受，传承"。是与犹太教的神秘观点有关的一种训练课程。

着对我说："没事的，妈咪。"但是一个小时之后，他想站起来去厕所而跌倒，就对自己大发雷霆。我必须转身，这样他就不会看到我哭。

那天下午，我和大卫把加布里埃尔接回家。我们让他坐在沙发上，每个小时我换一次冰袋给他消肿。看着他躺在沙发上，腿上缠着绷带，眼睛因吃了止痛药而模糊，我不禁想问，为什么我们母子必须经历这种失去运动能力的痛苦。我们为什么这样命苦，现在就亲自品尝残疾的恐怖滋味。

加布里埃尔的伤势稳步好转，但是伤口很厚且发紫。我很担忧，但是医生说那是瘢痕疙瘩，有的人会长出这些东西。加布里埃尔的情况不断好转，我也就放下心来。他还继续做物理治疗，身体变得越来越强壮。一年之后，医生同意他参加几次为期一周的夏令营活动：一次田径夏令营，一次足球夏令营，还有一次篮球夏令营。真的，他可以参加田径队了。还有，对加布里埃尔来说，最重要的是，他可以加入高中足球队。最后，他只是和队员一起训练，两次让他上场比赛，虽然踢的时间很短。每天放学之后，他都参加足球队训练。他在实现他的梦想——几乎。

我很高兴看到他可以再次相信他的身体。

我们定期去运动医疗中心复查。那位医生，带着一批助手和物理治疗师，给加布里埃尔检查膝盖。在手术之前，医生在一间私人检查室检查病人，但是在手术之后，在他动过刀子之后，他在诊所当众检查病人。一个又一个病人，有几十人在等待检查。

有一天，排在加布里埃尔之前，我们左边的一个男孩收到了噩耗。医生大概说的是那男孩明显不能再参加体育运动。那男孩哭了，他的母亲像鬼一样站在他身边。然后，医生来到加布里埃尔身边。加布里埃尔做得很好。他仍是模范病人之一。医生拍了拍他的后背。他检查了加布里埃尔的膝盖，让他走了几步。一切都很好。他可以继续前进，参加体育运动。我们是一对幸运的母子。

当我和加布里埃尔再次来到那间狭小的检查室等待（这里也是他12岁时第一次来看病的房间），看着房间里闪烁着绿莹莹的灯光，我们知道康复的幸福时光结束了。那是2003年的愚人节，在他打得非常积极的那场篮球比赛两天后，也是在他制作完短片《奔跑》之后。加布里埃尔现在快17岁了。他坐在检查台上，腿耷拉在台边，一脸不高兴的样子，等待着坏消息。就像第一次一样，我们等了三个小时。最后，住院医生走了进来。他又高又胖，留着寸头。他戳了一下加布里埃尔的左腿，又拉了一下，做了一次拉赫曼检查，拉着腿部来回晃动检查胫骨和股骨之间的松紧程度。他什么都没说。检查完毕，他告诉我们医生很快就来了。我们又等了半个小时。最后医生终于走进来了。他连招呼都没打，就给加布里埃尔做了一个两秒钟的检查，就认可了住院医生在走廊里对他耳语的情况。

两位身材庞大如巨人的医生站在加布里埃尔前面，加布里埃尔在检查台上愁得蜷缩成一团，充满了忧虑和羞耻。

"我们认为你移植的韧带已经断了，而且你的半月板也破裂了。"他们用平稳的声音说。"我们给你做一个磁共振成像（MRI），看看你有没有其他选择，但是我们确定你需要再做一次膝部修复手术。这一次修复，我建议股四头肌腱自体移植，但是我们还要看磁共振成像。"他停顿一下。我以为他要说几句安慰的话。但是，他只说："我们很少遇到这种情况。"

医生的话真是冷酷无情：这是孩子的错。加布里埃尔已经弄坏了医生精美的手工制作。为什么出了问题，他们没有给出解释。

听到这个坏消息，加布里埃尔没有流一滴眼泪。我开车送他去上学，他下了车，靠在拐杖上对我说："不要哭。"声音带着几分愤怒。

磁共振成像确定移植韧带断裂，外侧半月板后角也破裂了。但是当我们返回诊所时，那位医生并没有给我们选择。他只提供了一种解决方案：股四头肌腱自体移植。我花了一些时间在网上搜索各种移植方法，获知用股四头肌腱自体移植是一种风险极大、很少使用的外科修复方法。它不但会留下一个难看的伤疤，而且会使被去除肌腱的那条腿软弱无力。

我向医生提出反对意见，让住院医生解释做这种手术的必要性。

是的，这种手术有风险。是的，它会让腿变弱，留下大伤疤，就和加布里埃尔以前的伤疤一样，是沿大腿而下而不是膝盖以下。那位医生坚持说这种手术是给加布里埃尔一个牢固膝盖的唯一方法。他又说，手术最好立即进行。"如果他不动手术？"医生好像预先就有了答案："他20岁时就会患上关节炎。"他重复了他最喜欢的禁令：加布里埃尔一定要小心。不能扭动，不能跳跃，也不能跳舞。

"你们一年做几例股四头肌腱手术？"我问道。

"好几次。我们前几天还做过一例，不是吗？"医生一边回答，一边看了住院医生一眼。住院医生满脸通红，浑身都开始出汗了。

"我可以和你刚动过手术的那个病人说话么？"

住院医生惊恐地盯着我。但是，医生很镇定地回答道："不可能。你知道，那是病人隐私。"

我私下怀疑这例手术并没有做好。而且我突然想到，在密歇根这样的教学型大学里，是住院医生做手术，在我儿子的膝盖上学做手术，医生只在一旁指导。

在这次检查结束的时候，那医生走近加布里埃尔用力压了一下他的膝盖。门诊里一位物理治疗师曾告诉我这位医生是一个猎人。我意识到，刚才，他恶狠狠地压我儿子膝盖的样子就像把他的腿当作新鲜猎物一样。我无法把他猎人般的形象从脑海中删除，我一直都想象着他跟踪并射杀无辜的动物的样子。我料想他的枪法超群。母亲的本能告诉我要把我十多岁的儿子从他手中夺过来，赶紧逃走。我就是这样做的。

在 1998 年，加布里埃尔初次受伤时，网上有关前交叉韧带和半月板受伤的资料还很少。到 2003 年，网上可以找到大量相关的资料。没有我可以信任的医生治疗加布里埃尔，我就变成一个前交叉韧带资料控。夜复一夜，我点击一个又一个链接：关节内窥镜前交叉韧带重建、前交叉韧带修复、半月板破裂、瘢痕疙瘩修复、前交叉韧带重建之后的化脓性关节炎……我研究了许多膝部外科专家的手术专长。仔细查看前交叉韧带手术图片，我看到了鲜血淋淋的膝盖，还看到了烂泥一样的白色软骨。

熬夜到凌晨三点，我想知道我所做的是否只是吓唬自己。我知道了这些名称，学会了有关前交叉韧带的术语，对我来说，在加布里埃尔受伤之前，我还不知道身体的这个部位。三十多年前，医学界认为前交叉韧带不牢或破损的人都应该接受手术治疗，不仅仅是那些身价千万的运动员。但是随着初期前交叉韧带手术越来越平常，修复手术也变得常见。运动医学医生喜欢吹牛说，做了前交叉韧带重建手术，就可能再次从事体育运动。但是他们根本不提许多失败的手术案例。我加入了几个聊天室，发现许多人在准备做第二次、第三次、第四次手术。

我列出一个清单，上面都是美国各地的医生。加布里埃尔同意和我一起去看这些医生。大卫明白我和加布里埃尔因为传奇般的腿伤而特别亲密，他知道我们需要依靠自己解决问题。我们在寻求建议的时候，他只能靠后站。虽然我的健康保险不够支付额外的诊断，但是我准备不惜一切代价去了解关于膝盖的一切知识。我们看了在洛杉矶的一位医生，辛辛那提的一位医生，纽约市的三位医生，密歇根的其他两位医生；我还通过电话咨询了华盛顿的一位医生、费城的一位医生。他们都是一些专业运动队的著名外科医生。其中许多还出版过有关膝部外伤手术的畅销书或发表过相关的专业文章。

他们对于我知道这么多感到惊讶，有时还感到好笑。有的人以为我是医生，还有的以为我是护士。没有人赞同我们的医生使用股四头肌腱自体移植的计划。那是一种危险的方法，可能严重危及整条腿。多数医生赞成从尸体或供体组织移植。尽管有风险，但是病人恢复更快，而且不需要牺牲自己身体上的组织。病人冒着感染艾滋病或者肝炎的风险，而且如果组织被污染的话，可能引起严重的感染甚至死亡。我哭着看完了一个名叫布莱恩·林克斯的年轻人的故事，他在 24 岁时进行了一次常规膝部手术，但是四天之后就去世了，他接受的是被污染的骨组织，是通过不正当的手段从一个自杀者身上获得的。

到夏末为止，我们还没有找到一位离我们家近的医生为加布里埃尔治疗。一天，一位朋友建议我去找底特律活塞队的整形外科医生。底特律活塞队是我儿子最喜欢的密歇根州篮球队。我上网查找活塞队，找到了球队公共关系人的名字。那天晚些时候他就把球队医生的名字发给我了。

他的诊所离安娜堡只有一小时的车程，离底特律很近。四车道高速公路上跑满了速度在每小时 120 公里以上的货车和越野车，大卫开车的时候我屏住了呼吸。当我们发现他的诊所在几近荒芜的单排商业区时，我真想转身离开。诊所里面，地毯陈旧，家具肮脏。我们在前厅里等了两个小时，然后又在检查室习惯性地等了半个小时。

最后，一位白发苍苍的医生进来了，他眉毛又浓又黑，带着修道士般的谦和目光。短暂的寒暄之后，他问加布里埃尔："你为什么到这里来？"

加布里埃尔回答说："我想我需要动手术。"

医生说："你为什么认为动手术更好？"

他用一把短尺量了一下加布里埃尔的腿。我记得最清楚的是，他检查了加布里埃尔的两条腿，不像其他医生，仅仅只是那条受伤的腿。他也检查了加布里埃尔的臀部、双脚和脚踝。检查完之后，他转过身问我："有什么问题吗？"目光期待而温柔。

我准备了一张写满问题的纸，开始逐个提问。他没有立即回答。他是第一位愿意承认做手术和不做手术一样都可能导致关节炎的医生。他对前交叉韧带手术深表怀疑。他说他之所以这样怀疑是因为他看到过许多失败的手术。他最初也做过许多前交叉韧带初次手术，但是现在几乎都要修复。为什么有这么多失败？听到他这样大声地问，我几乎要从椅子上掉下来。在我们看过的医生中，还没有人有他这样的自我意识和自我批判精神。

我们该怎么办？我最后问。加布里埃尔应该做手术么？医生叹了口气，仁慈地看着我们，目光中也有一些悲伤。

"没有简单的答案。"他回答道。他不能向我们保证什么，但是如果我们愿意的话，可以试一试。

在看过不少过于自信的医生之后，见到这样一位陷入深深怀疑之中、但又尽力而为的医生，真是令人宽慰。不管如何，我仍不想加布里埃尔动手术。夏秋已过。我们等待，我们只能等待，除非从天上掉下来一个答案。最后，加布里埃尔说，他对他的膝盖失去了信心，想动第二次手术。

但是随着二月中旬手术日期的到来，我焦虑到了极点。我经常哭，甚至加布里埃尔在身边的时候也哭。

在手术前几天，我一个人在家的时候，我打电话到医生办公室。是他的护士接的电话。当我详细询问医生做前交叉韧带手术的经验时，她变得有些激动，告诉我如果我不相信他的医术，我们可以取消手术。我很想这样做。但是我告诉她我想和医生再谈一次。她说她可以把我的想法告诉医生。我认为她不会。那是周五。手术定于下周一进行。

晚饭之后，我坐在厨房里看那位医生自己写的一篇关于前交叉韧带手术准确性的文章。电话响了，我的心跳加快了一拍。电话是那位医生打来的。

我们在电话里谈了两个小时。

他许诺发给我一篇他认为在前交叉韧带伤研究方面最好的德国博士论文。然后，他问我是什么专业的博士。为什么对这个课题如此了解？我告诉他我是一位文化人类学家。

"在其他地方，在那些不做手术的地方，人们是如何治疗前交叉韧带伤的？"我问他。

"他们学会带着残疾生活。"他答道。

我非常感谢他的电话。

"不好意思，我不能减轻你的担忧，"他说，"我真希望我能。"

手术持续了将近七个小时。手术结束之后，那位医生来到候诊室，坐在我和大卫旁边。他还没有吃饭。他和我们谈过话才能吃饭。他还在擦手，身上散发着肥皂和酒精的味道。

"关于拉长的移植，你说对了。"他说。

就在加布里埃尔进去手术之前，我告诉医生我怀疑加布里埃尔被移植的前交叉韧带没有破裂，而是被拉长了。

"我花了很长时间想把它重新装上，但是不顶用。我放进异体组织，多次检查它的尺寸。现在动手术的那条腿没有那条好腿有韧性。"

"你可以使移植体变得既有弹性又不松弛吗？"

他笑道："我知道你读过我发给你的那篇博士论文。"

我一直担心加布里埃尔的半月板。大多数医生想把它"清除"，也就是说，把它去除。这比尽力缝合损伤容易得多。

"好消息是，"他说，"我修复了加布里埃尔的半月板。我一点没有取出。修复花了更长时间。我希望这是值得的。"

那一天我觉得那位医生像诗人阿巴·科夫纳一样，他在《斯隆凯特林诗集》（*Sloan-Kettering: Poems*）中认为他的医生："那人／用双手为你所做的一切／是那人双手所能够做的一切／其余的交给命。"

手术之后，他开药方时，显得有些犹豫不决。物理疗法？可能有用。每天走几里路也有用。

我们并不急于求成。加布里埃尔依靠拐杖，开始走路。几个月后，他即将高中毕业。他的队友邀请他做他们篮球队的指导。勇敢又谦虚地，他又回到了让他受伤的那块场地，开始指导其他孩子打球。

他听着盲人歌手史提夫·汪达睿智的歌曲，声音甜美，令人喜爱。

一次我去古巴，当我把加布里埃尔的膝盖问题告诉一个熟人的时候，他的建议是："告诉你儿子找个女朋友。两三个女朋友。"我没有把这个建议告诉他，但是他自己交到了女朋友。手术之后不久，一个女孩就出现了，给他安慰，送他巧克力，需要时拥抱他。这一切都不需要他的妈妈了。

他现在有两个大伤疤，一个在膝盖前面，一个在膝盖侧面。看到这两个伤疤我感到心里发凉，但是令我安慰的是，我的儿子不会被送去参战。在他快 18 岁的时候，美国部队要招募他参军。当加布里埃尔说他腿上有钛螺丝时，他们就说他不合格。

不久，加布里埃尔就到纽约去学习电影了。

接下来数月，在我适应空巢妈妈生活的时候，我就回想我在加布里埃尔膝盖伤和手术上所付出的努力。

我本打算让加布里埃尔成为运动员，实现我小时候因为腿伤没有实现的梦想。

加布里埃尔的膝伤使我意识到我焦虑的历史根源。作为一个必须速决离开古巴的移民儿童，我知道能够快速逃跑的重要性，逃离危险，逃离发生革命的国家，逃离发生冲突和战争的国家，逃离遭受痛苦的国家。但是，如果你的双腿不够结实，你怎么逃走呢？

我突然想到，每一个巨大的追逐场面，如加布里埃尔制作的第一部电影《奔跑》，都有一种原初力量。也许，人类最原初的恐惧就是害怕陷入无法忍受的境地且无法逃脱。在追逐场景中，我们感受到对奔跑的需要，并疯狂地极速奔向自由。

在加布里埃尔长大成人的这些年，当我一次又一次地面临他的伤情和无法逃跑的恐惧时刻，我一直在奔跑。当我不在古巴的时候，我在跳探戈舞。我奔跑不但是为了逃走，而且是为了恢复自己的信心，相信自己的腿已治愈，祈祷他的腿也会痊愈。

加布里埃尔离开家不久，我去参加了学校月度的米隆加舞会。我一直跳了两个小时，准备走的时候，阿莫什走过来。

"可以请你跳舞吗？"

我点点头，接住他的手。

在迈步之前，他先表示歉意："我差不多才开始学跳舞。希望你不要介意。"

阿莫什跳得很认真，很慢，全身心地投入。他并不比我高多少，但他的胸膛很壮实，大腿也很结实。他像树干一样结实。他能听懂舞曲，但是比较犹豫。第一曲结束之后，他说："我以前跳得还可以，但是我膝盖动过手术。现在几乎是从零开始。"

很自然地，我的耳朵竖了起来。"膝盖手术？哪种？"

他答道："前交叉韧带手术。两个膝盖都动过手术。"

我们一直跳舞。我们跳了四支舞曲，它们是关于失去爱人、街坊和母亲的悲伤的探戈舞曲。

我们连续跳完之后，走到舞池边。我询问他膝盖的情况。他第一次受伤是在印度，当时他才 16 岁。但是直到十年后，来到美国，他才动手术。另一个膝盖的前交叉韧带在一次高尔夫比赛中破裂，所以，他又动了一次手术。不过，他很好，绝对很好。"生活照样继续。"他笑着说。

"探戈舞影响你的膝盖吗？"

"一点也不。"

我告诉他加布里埃尔的伤势，我对他多么担忧，我对他的大伤疤多么烦恼。

"你儿子很幸运，还有人为他担忧。"阿莫什说。他的眼睛有些模糊，他告诉我他小时候就失去了妈妈。很小的时候就被送到了寄宿学校。

他突然愉快地说："想不想看看我的伤疤？"我还没有来得及开口，他就卷起裤子，就在舞池边，让我看他那光滑的伤疤，每个长着黑色腿毛的膝盖前面都有一条伤疤。

它们更细、更光滑，没有加布里埃尔的伤疤明显，但是不管怎样它们还是伤疤。

刚才我们跳过探戈。我们之间的禁忌消失了。没有多想，也没有征求他的许可，我伸手去摸他右膝盖上的伤疤，轻轻地触摸那一道隆起的皮肤，只是为了感受一下伤疤，那个被刀子割开的地方。

"感觉不错。"我断定道。

阿莫什点点头："医生做得好。伤口恢复得好。"

我们都盯着他的伤疤多看了一会。阿莫什没有着急把它盖上。他站在那里，裤子卷到膝盖之上，当时正在播放的是当晚最后一首探戈舞曲《化装舞会》（*La Cumparsita*）。

妈妈和加布里埃尔在纽约皇后区

2007 年，露丝 · 贝哈拍摄

为获得学位辛勤努力

在一个晴朗的星期二中午，加布里埃尔和我一起等待妈妈跟一群女人从纽约大学办公楼出来。十分钟后，她出现了。

她穿着一件条纹衬衫和一件白色亚麻长裤，戴着一副时髦的白框太阳镜。我的母亲身高还不到五英尺①，她过去经常穿高跟鞋。现在她已经 71 岁了，换了一个膝盖，所以她穿着舒适的平底鞋。但是，她的脚趾头都涂成了鲜艳的红色。

她亲吻了我们，为迟到表示歉意。"又丢了一个毕业证书。"她叹了口气，摇摇头道："为什么学生不好好保管他们的毕业证书？如果他们聪明得足够获得学位，他们就应该学会如何爱护他们的证书。"

我母亲的最高学历是在古巴的高中学历，但是在美国她是大学

---

① 约 1.524 米。

学位专家。32 年来，她一直在学位办公室工作。

"我们去哪里？"我母亲问加布里埃尔，"想吃中国菜？还是辣酱玉米馅饼，或是沙拉三明治？"

加布里埃尔是纽约大学电影专业的学生，即将上大四。使我感到惊讶的是，他在市里找到了我以前的家。他学会了坐地铁在五个城区间自由穿行。他已经养成了一种独特的城市风度，穿着肥大的国际摄影中心灰色运动衫，配上褪色的古旧休闲牛仔裤和双色阿迪达斯运动鞋。他戴着一顶深蓝色的密歇根大学滑雪帽，帽檐压在他的前额，帽子边缘露出他的卷发。这顶帽子象征他对自己故乡的忠诚，他不舍得丢弃它，尽管那米色的"M"边缘已经被磨破了。

加布里埃尔和我母亲每周一起吃一次午餐。

"我们去意大利餐馆怎么样？"加布里埃尔建议道。

我也在想这个问题。"我们为何不在这家吃饭？"我指着街对面的一家餐馆问。

"什么？在傻子村（Gotham）？"我母亲把它读成"哥谭（Go-tom）"。"太贵了！"她许诺道："当加布里埃尔毕业的时候，我们去那里吃。"

自从加布里埃尔上纽约大学以来，我母亲最大的梦想就是在他毕业的时候亲自把毕业证书颁发给他。

"我们在浪费时间，"加布里埃尔说道，"我们去意大利餐馆。"

"好的，我们走。"我母亲说。

我们走了半个街区来到一家亮着华丽的五彩卤素灯的饭店。服务员把我们领到后面一个安静的餐桌上，我们每人点了一份特价午餐：混合沙拉和比萨饼，每份 8.5 美元。

在比萨饼还没有上来的时候，我母亲掏出了一张对折的纸。她把纸递给我。"你看一看我的英语有没有问题？"

我母亲用的字体是少女用的花体字，她拟了一份在 8 月份退休的计划。加布里埃尔读了这个计划。"就这些吗？你真的要退休吗？"

"是的，这一次我真的要退休。"

六年来，自从我母亲 65 岁过后，她一直嚷嚷说要退休。我父亲九年前在他 64 岁时退休，因为他再也无法多忍受一天纺织品旅行推销员的工作。但是我的母亲一直推迟她的退休日期。她舍不得退休。她不止一次跟我说，有的女人退休不久就死了。

我母亲眼泪汪汪地告诉加布里埃尔："我还不想退休。但是我觉得我应该退休。你外公一个人待在家里很孤单，我也厌烦早晨 6 点钟起床，然后去皇后区坐地铁。但是当我到了办公室，大家都说：'你看起来真精神。'我感觉很好。"

我指着她的退休信问道："妈妈，你难道不打算给办公室里的每个人各写一封亲笔信？"

"看信里面。"她说。这张纸里裹着的是她的心声："我感觉我好像要离开我的家人一样。"

在我修改妈妈的信的时候，我想到，自 1974 年以来，也就是女权主义运动进入我们移民家庭的那一年，我和妈妈的生活发生了巨大的变化。那一年秋天，我到外地去上大学，同时我的母亲来到这所大学做秘书工作。

她希望补贴一下爸爸的薪水。但是令她没想到的是，她在办公室里找到了第二个家。像她一样，她的同事都是拉丁美洲人，会说西班牙语，都急于想融入美国生活。能够挣一份收入，为我爸爸买健康保险，学习新的技能，妈妈因此感到骄傲。

她喜欢和同事交往，每当有同事过生日，她就送去她亲手用朗姆酒和葡萄干做的美味古巴面包布丁。

我母亲用餐巾纸擦了擦眼睛，问加布里埃尔是否介意她不能亲自给他颁发毕业证书。

"没关系的，外婆。"他向她保证说。

我把修改过的退休信还给我母亲，她看都没看就塞进了她的手包。

她看了看手表道："我要回去上班了。"

加布里埃尔和我匆忙跟在她身后，看着她从旋转门进入大楼，我希望她能坚持足够长的时间，最后可以对她的外孙说："这是你的毕业证书。把它放在安全的地方。"

几天之后，妈妈打来电话。"我准备再等一个月再退休，"她通知我，"但是只能再等一个月。"她停顿了一下道："之后，我肯定退休。"

椅子

　　我和家人离开古巴之后，定居在纽约皇后区的一条街道，街道两边林立着六层高的红砖楼房。每栋楼前成块的草坪都用铁链做的栅栏围起来。插在地上的牌子上写道："请勿践踏草地。"这句话也许是我学的第一句英语。

　　在鸡蛋花和大王棕榈树的遮蔽下，被海水浸湿的哈瓦那街道已经远去；我母亲所梦想的曼哈顿的流光溢彩和高楼大厦也已经远去。虽然妈妈认为皇后区的那些砖楼很丑，但是她不敢说出来。我们追随她姐姐西尔维娅，妈妈一直仰仗她。就在古巴革命前夕，我的姨妈西尔维娅嫁给了我的姨夫比尔，一个美国人，然后就搬进了其中一栋砖楼。

　　许多年后，妈妈才承认，我们登陆美国的地方令她大失所望。但最重要的是我们家人可以团聚。父母、莫里和我住在六楼的一套

和我的胞弟、表弟、表妹一起

———————

从左至右：莫里，丹尼，露丝和琳达
1963 年摄于纽约皇后区，拍摄者佚名

公寓。西尔维娅、比尔和我的表弟丹尼、表妹琳达，住在四楼。巴巴、赛德和我的舅舅米格尤尔住在三楼。我的舅舅那时有十七八岁。我们几个孩子自由地在这三套公寓里进进出出，好像没有大门把它们隔开一样。

我是四个孩子中最大的，比莫里和琳达大三岁，比丹尼大两岁。我也是第一个去上学的孩子。

因为我不懂英语，我突然发现自己无法和同学交流，所以我特别难受。回家之后，我就要求玩上课的游戏。在我虚构的世界里，我可以模拟上课的环境，我可以掌控一切，而不是成为失败者。因为我是唯一一个知道学校上课情况的孩子，我坚持要充当老师；莫里、琳达和丹尼就是我的学生。

在 6 岁上一年级的时候，我觉得自己长大了。作为一名移民儿童，我对玩具娃娃没有兴趣，也可能是失去了信心，所以恳求父母给我买了一块黑板。爸爸对此一点也不热心，但是妈妈替我说话。最后，他们给我买了一块摇摇晃晃的黑板，带有一个放粉笔和黑板擦的抽屉。正像我的真老师一样，我有一个装满金星的信封。如果我的"学生"在班里表现好，做好"作业"，我就把金星贴在他们的作业本上。

琳达得到了所有星星。她很听话，莫里开小差，丹尼不安静。最后，这俩男孩合伙破坏我的课堂，完全不守规矩，真是没有办法。尽管我吓唬他们，永远不会给他们金星，他们也不遵守纪律。

现在看着我那时的照片——似笑非笑，头发凌乱，真是令人不堪回首。我穿着下垂的齐膝长袜，一双大了一码的黑白皮便鞋。我的方格花纹裙子带着凸凹不平的下摆。妈妈把它卷起来，用针松散地缝好，等我长高后，再把裙摆放下来。不知道什么原因，我喜欢谨慎地把衬衫一直扣到领口，都有点勒我的脖子。我看起来有点像一位衣着过时的教师。

我最后真的成了一名教师，但是我为什么还感到惊讶？当我不在路上的时候，我站在教室前面给学生上课，我的教学工作足以负担我的旅行费用。但是，我更喜欢坐在教室的角落，一言不发。我更像是聆听者，而不像是健谈者。而且我没有忘记我卑微的出身，曾作为一个害羞的移民儿童，在笨蛋班里上了一年学。

我的高中老师罗德里格斯女士说我很聪明，应该去上大学。她也是古巴移民，曾在哈瓦那大学教授文学。但是来到纽约后，她的学历毫无价值。为了养家糊口，她成为森林山高中的西班牙语老师。通过在纽约大学夜校学习，她逐步积累了足够学分获得文学博士学位。她向我介绍了加布里埃尔·加西亚·马尔克斯的小说和豪尔赫·路易斯·博尔赫斯的短篇小说，而且鼓励我用西班牙语写诗歌。我是罗德里格斯女士最喜欢的学生，她每周都请我去皇后大道上的雅恩冰激凌店吃厨房水槽圣代。我喜欢听罗德里格斯女士说动听的西班牙语，她说话像唱歌一样。在我们外出的时候，她会向我敞开心扉，但是她从来没有使我忘记她是我的老师。如果我没有用正式的"您"称呼她，她的蓝眼睛就朝我温柔地一瞥，来纠正我的错误。

我和罗德里格斯女士在放学后一起玩了那么长时间，我也没有告诉爸爸妈妈。如果爸爸知道她在为我的将来出主意，他会难过的。他不想让我去上大学。他认为，一个好女孩应该待在自己爸爸家里，直到有男人前来娶她。

妈妈理解我，她从家里银行账户上偷偷拿出一些钱供我上大学。

当通知书送达，并且学校启动了奖学金资助，我希望爸爸能够改变主意，高兴起来。可是他非常生气。高中最后几个月，每当吃**鸡肉饭**晚餐时，我不知道流过多少眼泪，但是我也很难使他相信上大学对我很重要。妈妈在卧室里比我流下的泪水还多，但是爸爸还是告诫她不要让我随心所欲。深夜，我在睡觉的时候把耳朵贴在我和莫里的卧室墙上，他们的卧室和我们卧室相连，我听到妈妈在哭。

最后，爸爸动了怜悯之心，终于同意放我走了。他的让步中带着怒火。可能还有爱，对一个即将离家的女儿的爱，但那时我还不懂。满怀毁灭的感觉，我启程去上卫斯理大学，大学离康涅狄格州的米德尔顿市只有几个小时的路程。即使有奖学金，大学的费用也很贵。在每周一次的通话中，妈妈说我的学业对他们来说是一个不小的财务负担。进入大学两个月后，我见到了系主任，制定了一个参加夏季辅导课程的计划，这样我就可以提前一年毕业。读完三年大学之后（包括在西班牙学习一学期），我直接去上了研究生，这一次我得了全额奖学金资助。26岁时，我就获得了博士学位。

罗德里格斯女士说我很聪明，但是我从来都不相信。我害怕，我必须留在学校，就是为了不变成笨蛋。但是，一直到今天，在学校里我经常感到自己很笨。最近，我和同事、研究生们一起参加我们大学的一场研讨会，我感觉自己可怜得连嘴都张不开，一句漂亮的话也想不起来。

但是现在，我的同事表现出巨大的善意和慷慨，他们提名我为大学教授，一个有名称的教席。

我没有奔跑欢呼，没有把消息告诉视线之内的每一个人，我只是把它放在心里。我一点也不确信我应得这个荣誉。

我甚至没有告诉妈妈和爸爸。

数月以后，终于，有一天，我参加完在亚特兰大举行的学术会议后返家，在机场，我有一点空闲时间，我决定给在纽约的爸爸妈妈打一个电话。

和往常一样，妈妈接的电话。

"他们给了我一个职位，他们称之为——教席。"

"露蒂，你要付出更多么？他们给你加薪吗？"

"一点儿。"

妈妈认为我挣的钱还不够多。当我开始教书的时候，妈妈询问我的工资，她悲叹道："这就是你为什么熬红眼睛的原因？"

"阿尔贝托！"她喊我爸爸，爸爸正在地下室。

爸爸在看一场足球比赛。他讨厌别人打断他，但是还是拿起话筒。

"哈罗，露丝。"

他最近叫我露丝，而不是儿时的名字露蒂。我不知道他是否在故意拉大我们之间的距离，或者是在提起我三十多年前那种不可原谅的叛逆行为。但是，也许他只是承认我终于不再是他的小女孩了。

"我只是想告诉你，他们给我一个教席。"

"什么？一把椅子？不明白。"

我想方设法解释给他听，但是我结结巴巴地没有解释清楚。"这是非常重要的。这是我们大学给教授的最高荣誉。"

"他们就那样叫的——教席？"

"也就是说，它是永久的。他们想让我永远在这个大学工作。"

"好的。和你妈妈多说两句。"

他挂断了电话。没说一句表扬的话。也没说一句祝贺的话。

我知道爸爸永远不会原谅阿布罗，因为他强迫爸爸放弃学成建筑师的梦想。爸爸写一手漂亮的书法，他本来也可以设计最漂亮的房子。但是阿布罗要求他挨家挨户去兜售毛毯，因此爸爸最终学了会计。这是20世纪50年代的哈瓦那大学夜校所提供的唯一课程。来到美国不久，作为一个身无分文的移民，必须重新开始生活，他每周工作七天养活我妈妈、我弟弟和我。周一到周五做文案工作，周末在西班牙哈勒姆区做房屋消毒工作。终于他前进了一步，成为一名纺织品旅行推销员，他常说，他卖的是破烂，在美国没有人想买拉丁美洲商人的东西。

也许爸爸憎恨教育？也许他认为，把这么多宝贵的知识浪费在一个女人身上真是太可惜了。也许我对他作为父亲为我所付出的一切不够感激？我只能猜测他想的是什么，他内心有什么痛苦。做他女儿这么久，我还不能读懂父亲的沉默。

听到闸门管理员用扩音器通知头等舱乘客可以登机的消息，我高兴地冲上前去和其他贵宾乘客一起排队。因为我经常旅行，所以有时乘坐国内航班我可以升级到头等舱，这是他们给我的奖励。在飞行过程中，我可以要足够的水喝，我可以在豪华的座椅上完成学校的功课。老师总有做不完的功课。

随着飞机升入空中，我拿出一支红钢笔，开始批改学生的书面作业。我指出他们可以提高的地方，建议他们如何更清楚、更有力地说出他们想说的话。我想，只要有学生在等待我给他们作业的反馈，飞机就不可能出事。

当身处云端时，我的精力非常集中。我在学生论文空白处写了几十条批语。我总是记得给每个学生写一些鼓励的话。只要付出努力，即使没有特别之处，每个学生也都能得到一颗金星。

当飞机着陆时，我突然想到，爸爸想要的是一颗我给他的金星。虽然我现在年龄也不小了，已经是中年妇女了，但是我也在等爸爸给我一颗金星。

第二部

善良的陌生人

巴尔比诺、琳达和马里婆萨

———

德尔蒙特圣玛利亚村

1978 年，露丝·贝哈拍摄

来自那些不会忘记你的人

　　我上大学的时候本想成为诗人或小说家。在最后一年，我改变了主意，转到了人类学专业，申请攻读研究生。我十分怀疑自己是否做了正确的决定。我知道，我之所以被普林斯顿大学录取，是因为我给詹姆斯·费尔南德斯教授留下了很好的印象，他后来成为我的导师。在西非进行多年的研究之后，吉姆（作者对詹姆斯教授的亲切称呼）在阿斯图里亚斯开始了新的田野调查，那是他爷爷的故乡。他获得一笔研究资助，计划带领一批研究生在西班牙北部各省进行人类学田野调查工作，正在物色合适的候选人。吉姆派琼斯巴·祖拉卡去巴斯克地区，约翰·赫姆奎斯特去桑坦德尔，他需要一个学生去莱昂省的一个名叫德尔蒙特圣玛利亚的小村庄，这个村子只有 120 人。他问我想不想去。当然可以，我说。我没有想过我自己会到什么地方，那是 1978 年，我 21 岁。

随着六月出发的日期越来越近，一想到要独自一人去西班牙，我就感到有点绝望。在青春爱情的阵痛期，我很想要我当时的男朋友大卫和我一起去。我已在卫斯理大学完成本科学习，在普林斯顿大学完成我第一年研究生学习。大卫在卫斯理大学还有最后一年，我要不是提前一年毕业的话，也还在卫斯理大学。整个夏天和大卫分开，真是令我无法忍受。而且我很想带大卫去西班牙看看。我曾经在马德里进行过一学期的交流项目，而且在卡塔伦亚过了一个夏天，我想让大卫了解这个地方。作为一个古巴移民和西班牙犹太人后裔，我认为这个地方是我们文化传统的一部分。那时，大卫在学俄语和数学，但是我知道他将尽力帮助我做田野调查。

向吉姆提出让大卫陪我去的请求令我特别紧张，一直等到最后一刻，我才敢和他说这件事。他最直接的回答是大卫会影响我的研究，他坚持要我独自一人去西班牙。"三个月算什么？"他说，"你还没有体会到怎么回事呢，你就回来了。"我不知道我如何有那么大的胆子，我告诉吉姆，如果大卫不和我一起去，我也不去。吉姆坚定地说他将不得不取消给我的机会。最后，大卫给吉姆写了一封长信，真诚地表达他对了解西班牙和学习田野调查方法的兴趣。吉姆动了恻隐之心，他告诉我们，我俩可以一起去，但是我们必须告诉村民我们是夫妻。他告诫我们，那里的人非常守旧。佛朗哥将军才死三年。如果他们知道我们没有结婚就住在一起，他们会感到十分震惊，我们也会冒犯圣玛利亚村的每一个人——未婚同居是一种罪。

我已准备好撒这个谎，没有一点罪恶感。大卫和我几乎结婚了。

但是这个谎言的重担被第二个谎言加重了，变得更加沉重。我决定不告诉我的父母，我和大卫一起去西班牙。大卫不是犹太人，我选择了一个异族男人做男朋友，这些已经引起他们无比的悲伤和痛苦。爸爸宣布我已经死了。虽然他没有给我举行追悼仪式，没有完全弃我不顾，这也是正统犹太人的习惯，但是他不再理我。妈妈还理我，但她只是告诉我他们忍受的痛苦有多大。

我已经被抛弃了。家人不再欢迎我。

我打电话给家人说再见时，我都忍住呼吸。妈妈说她很高兴我一个人去西班牙。"大卫还是你的男朋友吗？"她问道。我说不是。"我会告诉你爸爸。"妈妈说。我从她的声音中感觉到她松了一口气。

我坐巴士到了肯尼迪国际机场，发现大卫正在机场的一个角落里焦急地等着我。他张开双臂拥抱我，我拼命地搂着他，哭得像个孤儿。

在马德里，我们在阿托查火车站附近找到一家便宜的宾馆。第二天我们就坐火车去了莱昂。没有钱坐不起出租车，我们拖着行李箱沿着林荫道和鹅卵石铺的街道一直走到莱昂最古老的广场，在这里我们见了吉姆和他的妻子雷娜特。我们一起吃了午餐，然后出发去圣玛利亚村。

那时，我觉得吉姆很可怕，因为他经常穿山越岭，身材高大灵活，满头白发，说话声音很低，我离他很近才能听到他说的话。雷娜特也是一头白发，她那双炯炯有神的蓝眼睛可以看穿你的心思。我们相对而坐，在一张餐桌上吃了一顿由鹰嘴豆、牛肉和香肠做成的丰盛的豆肉菜汤，它使我大汗淋漓。我确定，当时吉姆和雷娜特正不满地看着我，因为我缺少独自完成第一次田野调查的坚强意志。

我们坐着他们租来的汽车到达村庄时太阳还没有下山。我带了一个超大的行李箱，里面塞满了衣服和鞋子，多得我都用不完。吉姆看到我行李箱的尺寸，感到非常吃惊，把它塞到后排座位中间，我和大卫坐在两边。不能看到大卫，我就望着车窗外的土坯房屋和柔滑的草地，这样可以排除我的忧虑。乡村的色彩不断变换，一会儿棕色，一会儿黄色，一会儿鲜艳的绿色。古老的柳树上垂下的柳枝长得惊人。我们转了一个大弯，吉姆突然左拐，向上又行了一段路。

圣玛利亚村——吉姆给我选的田野调查地点，出现在我们眼前。他已经和一位住在村口的小学老师给我们安排好了住处。敲门很长时间之后，我们才意识到她不在家。一个名叫琼斯·安东尼奥的男人正在她房屋边上修理下水管道，他的小儿子弗朗西斯科在一旁观看。他告诉我们，星期天的时候，这位小学老师和她的丈夫一起去了他的老家博尼亚尔镇。吉姆说明了我们的来意。琼斯·安东尼奥很同情我们，但是他也不知道如何安排的。他建议我们去他父母家住。我们可以在那里过一夜。那位小学老师周一回来后，我们可以再去找她。

很快，大卫和我就提着我们的行李，准备去陌生人家里过夜。他们也没有料到从天而降的两位年轻客人来到他们家。

吉姆给我拍了一张照片，我后来弄丢了，但是我还清楚地记得那张照片。我上身穿着一件白衬衫，袖子卷到了胳膊肘；下身穿一件棕色长裙，裙摆有些褶皱；脚穿一双长筒靴，系着纵横交错的鞋带。我在头顶上把头发卷成一个发髻，那时我很少把头发松散开。

我看起来像一位美国边疆开拓时代的妇女。吉姆抓拍照片时，我正提着沉重的行李箱从巨大的木门中挤出来。那是我自己作为人类学者的第一张照片：穿着那条长裙，拖着那个我几乎不能从木门里拉出来的行李箱。

当我再次从门里出来后，吉姆小声地说了一句："祝你好运。"然后，他和雷娜特开车就走了，以期在天黑之前穿过坎塔布连山脉。

我还没有机会问他，我现在该做什么？

琼斯·安东尼奥的母亲玛利亚带我们去楼上的卧室，我和大卫就睡在这里。她的丈夫维尔吉利奥年龄比她大，身材比她矮，走路有点瘸。她让他在厨房里等着，这样他就不会太累。即使不做饭的时候，她也穿着围裙。

她那双黑眼睛中闪烁着顽皮的光亮。她问我："你们结婚多久了？"她是对我说的，因为只有我懂西班牙语。

我胡乱给她一个答案："一年。"我能感觉到我手指上便宜的银戒指还有点勒手。我还不习惯带上它。大卫也戴上了一个戒指。在离开普林斯顿大学之前的最后一刻买了这一对戒指。

"真的吗？你们看起来这么年轻。像是兄妹。"

太阳已经落山了，天气突然变得有些寒冷。玛利亚看到我冷得双手抱胸，她就从衣橱里又拿出一条毛毯铺在床上。

"我想你俩不是杀手吧。你们不会杀了我们吧，会不会？我们不会谋杀你们。"

说完这些话，她就走了。这是我们在圣玛利亚村度过的第一夜。我们搂在一起因为在凌晨天气变得越来越冷。那是六月，我想，六月都这么冷，更何况我们还住在山脚下。

第二天早晨，我和那位小学老师交谈了一下，得知她已经把我们安排在玛利亚的小叔家住。她的小叔叫巴尔比诺，是维尔吉利奥的弟弟，他的妻子叫希拉里娅。他们离这儿只隔几户人家。怎么可能玛利亚不知道这件事？后来我才了解到，他们两家以前为了争夺遗产争吵了很多年，从此以后他们保持距离。玛利亚很不情愿地和我们说了再见，显然，她很舍不得让我们走。她很慷慨，我们在她家住的那一晚，她没有要我们钱。我们也很乖，没有谋杀她和她的丈夫。她确定我们很有钱，而且巴尔比诺可以赚一笔我们的租金。很快，玛利亚和村里的其他人都知道我和大卫只不过是两个穷学生。除了我们渴望了解是什么使他们的生活充满意义之外，我们也无法给他们什么回报。

巴尔比诺和希拉里娅的房屋还有两扇巨大的古老木门。我现在明白了他们为什么需要这样的门——留给牛、羊、驴子以及其他牲畜进出。玛利亚和维尔吉利奥都干不动农活了，只在笼子里养几只鸡和兔子。这也是他们家的房子让人感到可怕的原因。但是走进巴尔比诺和希拉里娅的家门，我看到有的牲畜四处走动，有的在环绕院子的圈里休息。就像在童话中一样，这些牲畜被当作具有人性的角色。牛有最好听的名字。我会永远记住琳达和马里婆萨，它们脸上闪耀着无限的耐心。它们的皮毛都是像用于建房的土坯一样的棕色，如天鹅绒一般光滑。在使用工业生产的红色砖头之前，人们都使用这种土坯建房。

在那之前，我从来没有走进过人畜共室的房屋。我们家没有人养猫狗，不像皇后区的其他孩子，他们的父母送他们参加夏令营去体验乡村生活，而我一直待在家里。并不是我父母花不起钱送我去参加夏令营。事实是我根本就不想去。作为一个古巴的小女孩，我学的是如何做大家闺秀，如何穿得漂亮，如何保持衣服整洁。虽然在纽约的磨砺中长大，我依然尽力坚持那种谨慎。我没有去乡村的想法。在乡村，我不得不住在木屋里，围坐在火堆周围唱愚蠢的歌曲，弄得全身脏脏，而且还被蚊虫叮咬。

我只在城市里生活，完全远离了乡村生活。然而现在，我自己正穿过一个小侧门走进巴尔比诺和希拉里娅的房子。从他们被晒黑的皮肤和粗糙的双手可以明显看出他们还在忙于农活。

"我带你们到楼上看看。"希拉里娅轻快地说，她的声音特别洪亮，邻村的人都能听到。久而久之，我发现希拉里娅说话的声音一直很大，像站在座无虚席的礼堂里说话一样。她的声音是用来呼唤走失的牛羊。

她领路，我和大卫跟着她，经过她和巴尔比诺的卧室。他们的卧室有一个临街的小阳台。在房屋的拐角尽头，地面有些倾斜的地方，就是我们以后三个月所住的卧室。和玛利亚房子里的卧室不同，这间卧室很温暖舒适。我十分高兴，睡觉再也不会受冻了。

"多么温暖，太好了。"我说。

希拉里娅笑了。她抚了抚头上包裹的围巾。这时我才闻到一种气味，一种很明显的怪味，我不知道是什么味道，像是被雨水沤烂的草木发出的味道，又像是腐烂的花草发出的味道，先是有一点甜，然后变成苦，令人感到恶心。

"什么味道？"我问。

"猪的味道，"希拉里娅说，"它们在你们下边住。"

我的第一本田野笔记本应该提到过这些猪。奇怪的是，我从来没有详细描写过它们，尽管它们是我们那三个月生活中必不可少的嗅觉体验。我也没有提过我们床头上的十字架，它也让我感到不适。在睡觉之前，我就把它取下。第二天早晨，我再把它挂上。住在圣玛利亚村的整个阶段，我一直秘密地做这件事情。一种恐惧和自我保护本能让我决定不向村民暴露我的犹太人身份。如果他们知道我和一个男人带着罪住在一起，他们会感到非常震惊。我想，如果他们发现我是被驱逐出西班牙的犹太人的后代，他们会更加震惊。在宗教法庭时代，那些假装改信天主教的犹太人被斥为*马拉诺*，猪的另一个单词。现在我就是一个*母马拉诺*，一位住在猪楼上的未暴露身份的犹太人。

我没有写那些猪。而我有兴趣写的是一只小羊羔，一只悲伤的羊羔。我在一个说西班牙语的古巴家庭中长大，但是我不知道"小羊羔"在西班牙语中所用的单词。我在圣玛利亚村才学会这个温柔可爱的名字：*考得林*。

这个单词和那只羊羔给我留下了很深的印象。1978年6月5日，星期一，我开始在我的手动打字机上记录："小羊羔最后安静下来。现在是夜里十点，它的妈妈终于回来给它奶吃。它已经因饥渴怪异地叫了两个小时，它渴望得到养育，它想得到温暖的乳房。随着院落里安静下来，夜幕慢慢降临，天气也变冷了。每隔一会，都能听到母羊的低叫声，但羊羔再也没有发出一点声音。"

当时我还不知道田野笔记如何去写，就自然喜欢写得具有诗意。毕竟，我曾经有过文学抱负。渐渐地我就学会了如何扼杀我看到的事物之中的诗意，对夜里羊羔的叫声充耳不闻，因为我要努力学会人类学家的专业术语，他们只是不顾一切地寻找资料。当我重读后来的田野笔记时，我感到非常失望。我在 1978 年夏季所做的田野笔记充满了欣喜之情，好像我刚空降到一个与众不同的世界一样。但是后来，在 1979 年夏天，以及从 1980 年夏天到 1981 年秋天这一段时间，我又回到圣玛利亚村时，我只写与我论文有关的方面，如土地使用权、继承权，以及我看到过的关于这个村庄和这个地区的历史文件。其他一概不谈。

现在，我多么希望自己能够多写点那些小羊羔，还有村里强烈刺鼻的味道——那种牲畜屎尿的臭味，和田野里帚石楠的花香。

在圣玛利亚村的第一个夏天结束之后，我就返回了普林斯顿大学。按要求，我要写一份关于我田野调查的报告。系里的几位教授发现我的报告不知所云，所以他们在全系大会上提议要中断我短暂的研究生学习生涯。我的报告不具有学术严谨性。我不理解理论概念。他们甚至担心我没有可塑性——我记得他们用的词是"不可教"（unteachable）。他们对了：我拒绝学院教育，拒绝被学科约束。我想成为人类学家，但是我拒绝屈服于研究生院所教的枯燥的分析语言。我也不想被除名。我没有勇气返回纽约，就找了一份日常文秘工作，周末时努力去写我的诗歌和小说。

我打算坚持学习人类学，即使它置我于死地。

那时，我还太年轻，没有任何力量，我没有意识到我必须彻底改变人类学，这样它就不能置我于死地，它也不可能置我的灵魂于死地。

首先我必须在研究生院生存下去。

吉姆相信我的思维能力，说服了他的同事给我一个机会。后来，为了不使他失望，我发奋图强，熟练地掌握了那些理论概念。我让自己成为可教之人，从傻瓜级一跃成为班里的翘楚。吉姆再也不用来救我了。

我的论文答辩非常成功，答辩委员会推荐我的论文立即发表。之后，当我们单独在一起的时候，吉姆低声地告诉我，他希望我与别人不一样。"不一样？"我问，"如何不一样？"他停顿了一下，显得十分谨慎。最后，他说他认为应该有更多的诗歌和故事。发生了什么？我觉察到他声音中有些难过，虽然我们在庆贺我的成功。

我不知道如何回答他。

我最早的田野笔记的第二条是关于书桌制作的，这样我就可以有写字桌了。1978 年 6 月 6 号，星期二，我回想了这个计划所需要的劳动："在今天下午一点，散步回来时……我发现巴尔比诺和希拉里娅忙着给我做一个书桌。今天早晨我告诉希拉里娅我需要一张书桌放打字机，我说一块木板加两条腿就行了。她把这件事告诉了巴尔比诺。"我描述了巴尔比诺为我制作书桌所选的各种各样的木料。"我们**每边**精确测量出 95 厘米，然后巴尔比诺去拿了一个链锯。他锯好了两个面，转身朝我笑了笑。他把这两块木板放在木框上，让我把它们准确定位。我照做了，然后他去拿锤子和钉子。"希拉里娅擦了擦一张旧桌子的底座和桌腿，然后又擦了擦巴尔比诺做的桌面。我们把桌子搬上楼，发现在倾斜的地板上放得不平稳。"巴尔比诺拿来几块碎木片，垫在一条短腿上，桌子就不再晃动了。我把打字机放在上面。这就是我所能想要的最坚固的桌子了，手工定制的。"

巴尔比诺和希拉里娅非常善良，他们用家里的一些碎木料不辞辛劳为我做了一个书桌，我深受感动。虽然我本来可以在他们厨房的餐桌上打字，但是我还是想要一张写字桌，这样我就不会打搅他们，而且我也可以在私密的卧室里打字。（白天的时候，并没有什么怪味。）现在有了笔记本电脑，可以在任何地方、任何表面上写作，但是如果用手动打字机打字，就需要使劲把字母一个一个地敲出来。我的第一本田野笔记就是在这张桌子上完成的。它没有松垮变形，坚持了整整一个夏天。

有人提醒我要把所有的笔记复印一份寄回家保管。许多人类学家因行李箱丢失或突然起火或其他自然灾害而失去他们的田野笔记，这样的灾难故事不绝于耳。在打印笔记的时候，我就在两张打印纸之间塞一张复印纸，这样我就可以保留原件，然后把复印件寄给在纽约的母亲。因为他们不知道大卫和我在一起，我在笔记里从来没有提到他。我感到很奇怪，因为我们形影不离，但是我又不能暴露我们的行动。

妈妈看了我所有的笔记。虽然我们之间有些疏远，但是她想知道我过得如何。（爸爸仍然很生气，也不想了解我的生活。）那个年代没有因特网、电子邮件、手机。村里一部电话也没有。我们保持联系的唯一方式就是通过定期的邮件，每次单程邮件需要两周时间。我可以想象，我的笔记让妈妈看到了我生活的另一面，她可以了解我所看到的和我所学到的东西。她是我笔记的读者，也是我笔记的保管者。她一直保管着这些笔记，直到最近我才取回。

但是妈妈不得不用显微镜阅读才可以在笔记中找到我的影子。我没有写我自己。我自己躲藏在这些笔记之后。我成了圣玛利亚村村民的传声筒。这是一个现代化和全球化的世界，但是他们被遗忘在角落里，所以他们想表达他们所体验到的卑微之苦。他们想知道：我们认为这个村子如何；我们为什么到这个村子，为什么不去其他村子？我告诉他们，有一个教授和他的夫人从公路上看到了这个村子，看到村子的风景从火红色变成亮绿色。因为村民自己建造了沼泽地、水坝和灌溉系统，溪水漫流过干枯的田地，就使它们变得郁郁葱葱了。"啊，是的，"人们满足地答道，"是的，是我们自己造的。"然后我就说，那位教授认为这个地方很值得一个年轻的人类学专业学生研究，因为这里的人们团结起来依靠自己使自己生活得更好。

他们知道我和大卫从远方来。他们常问我们："美国那里现在冬天结束了么？"他们听说，那些漂洋过海去布宜诺斯艾利斯的人说那里的季节晚，所以他们就认为我们住在同一个美洲。

他们不明白我们为什么需要待那么长时间。旅游的概念就是人们从一个国家到另一个国家去看有价值的东西和美景。教授为什么选择这样一个凄惨的地方？他们告诉我，"这里没什么好看的，这里只有干不完的活。"一位妇女说既然我来到了圣玛利亚村，我就应该像他们一样干活：锄地，收割，灌溉。另一个妇女听到后说："她不应该像我们一样干活，我们像驴子、像奴隶一样干活，一直干到死。"希拉里娅说他们干的活很"残忍"，他们像牲畜一样干活。

我和大卫到的时候正好在农村人口外流高峰之后，那时大批农民背井离乡，移民到西班牙和欧洲的一些城市。而且我们到的时候也正好在机械化打垮那些居住在农村的小农之前，他们依靠四头牛和四块地生活。

巴尔比诺和希拉里娅已经五十多岁了，他们有几块地，用轭把两头牛套在一起耕地，其他留下来的几个家庭也都是这样做的。他们养牛是为了取奶，养羊、鸡、兔、猪是为了自给自足，也可以卖掉赚钱。他们全年吃他们自己种植的蔬菜和水果。那年第一个夏天，最令我惊讶的事情之一就是他们给我一个干瘪的灰色苹果吃，这种苹果已经在他们的地窖里储存了一年。我有点犹豫不敢咬下去，巴尔比诺却有些恼火："它没坏。虽然看起来不像商店里卖的漂亮的红苹果，但是它没坏。"

用今天的话来说，巴尔比诺和希拉里娅以及他们的邻居追求的是一种可持续的生活方式，吃当地出产的食物，留下的是低碳足迹，但是他们自己认为很落后，无可奈何地守护着他们的尊严。使他们感到欣慰的是，他们知道世界上从土地刨食的人为数不多了，他们就是这类屈指可数的珍稀动物。就像有人说过的，"总有一天我们都必须以铁为食。"

即使他们认为城市化不可避免，但是他们因自己失败的尝试而对之不抱任何幻想。在圣玛利亚村，村民们有共同协商解决问题的传统，他们以此为荣。他们是当地第一个用上自来水的村子。但是由于无知，他们只挖了一条沟渠用于一条管道，输送净水。刚开始的时候，这种设计还没有问题。但是卫生间增加了管道之后，人们发现还需要另一条管道，排放污水。否则的话，所有的污秽都将堆积在街道上。

希拉里娅把我们带到洗浴间的时候，她说我们每天可以在水槽里洗澡，像他们那样，每周日在去参加弥撒之前在浴缸内洗澡。她说厕所只用于"小便"。

为了让我们明白得更透彻，她又带我们到外面牲畜栏。这是一个较大的牛棚，这里是琳达和马里婆萨的家。棚里还有三头牛，很不幸我忘了她们的名字。她指着一堆干草和牛粪说，在那里你们可以做另一件事情。

我很困惑。

希拉里娅给我解释如何去做：你先用干草给自己做一个窝，然后蹲下，结束之后，你把干草和你的屎混在一起，最后用木叉把它扔到粪堆上。

想到那时将与琳达和马里婆萨如此亲近，我尽力掩饰着自己的震惊。我记得，在新几内亚和非洲做田野调查的一些研究生同学说，西班牙是一个"非常舒服的地方"，不适合做人类学研究。我认为，他们完全错了，因为我的大肠因一夏天的便秘而变得如钢铁一样坚硬。

过后几周，巴尔比诺必须把粪堆用架车并排套上琳达和马里婆萨拉走，然后把这些臭烘烘的东西存放到田地里。没有比这种活儿更低下的了：一铲一铲地把一大堆粪甩到车上，又一铲一铲地卸到地里，整整齐齐地码成小堆。在太阳的炙烤下，它们变成了肥料。

对于圣玛利亚村的村民来说，这不是他们所做的唯一苦活。他们手握镰刀割草。他们套上两头牛拉犁子犁多岩土地。他们扒土豆累得腰酸背痛，双手流血。他们灌溉田地，用锄头把土块敲碎，累得浑身透湿，后来连骨头都有些发软。他们大都用双手收获小麦和黑麦，麦糠像乌云一样从头顶掠过，尘土眯住了他们的眼睛，封住了他们的咽喉，钻进了他们的每一个毛孔。他们宰杀他们自己养的猪、牛、兔、羊，制作香肠和烧肉。他们用自家奶牛产的奶制作黄油，用他们自己养的羊的油制作肥皂。他们炒自己厨房花园种的辣椒，然后再罐装起来。他们煮他们自己收获的西红柿制作番茄酱。他们用他们自己的梅子调制果酱。他们把大蒜和洋葱辫起来。他们十分认真地把每年收获的苹果和土豆存储在一个阴冷的地窖里，这样他们可以吃上 12 个月，直到下一次收获。牧羊人把山羊赶进山里，但是每天村里都有邻居轮流去放牧所有人的牛。虽然他们离坎塔布连海只有九十公里，但是看过海的村民为数不多。即使在冬季，他们也没有假期，因为牲畜不能无人看管，否则它们就死了。但是星期天每个人都休息。巴尔比诺说："如果我们只干活不每周至少休息一天，那么我们成了什么？和驴子有什么不同。"

我常听到的一句话是土地是一位尊贵的小姐。土地是一位年轻的女士，一位公主，她需要绝对的忠诚甚至奴役。但是，尽管他们为养活自己而付出艰辛的劳动，人们还是越来越依靠从村外来的商品。每天都有一些商贩拉着货车经过村子，卖的东西应有尽有。水果摊贩卖橘子、香蕉，以及一些村民们不知道的新鲜水果；面包师傅卖圆面包因为女人们不再烘烤面包；杂货老板卖罐装凤尾鱼、袋装杏仁、大瓶橄榄油；卖酒的卖廉价的红酒和瓶装苏打水，瓶装苏打水用于稀释红酒，使红酒充满气泡。还有人卖洗涤剂。每隔一周有一辆装满天然气瓶的卡车开进村子，橙色的气罐里装满了天然气，可以用于烧热水和做饭。

村民们的子孙后代都在莱昂、马德里或毕尔巴鄂生活，周末回来。在夏季的时候，他们开着新买的汽车，穿着时髦的牛仔裤和 T 恤衫。口袋里有了钱，他们就想方设法说服老年人，为了西班牙的发展，有必要消费、消费、再消费，而不是节约、节约、再节约。老人们一辈子养成了节约的习惯，把他们的钱藏在床底下。他们告诉老年人，"钱必须流动"，新思想也得流动。那些留守在圣玛利亚村以及西班牙其他村庄的人被指责为西班牙落后的表现。他们阻碍了西班牙的发展。新来城市的居民渴望有一套城市公寓、一辆汽车和一所乡村度假屋。他们摇着头，谴责那些选择在农村辛苦劳动的人们："他们没有为民主做好准备。"

圣玛利亚村的大多数人都相信自力更生。正如巴尔比诺所说："这是西班牙最穷的地方。在这里，每个人都是自己的老板。在这里你可以有两头牛，有的人可能有三四头牛，但是，或多或少每个人都有自己的东西。"

在我花一整年工夫做毕业论文研究时，他们告诉我要自己养鸡，这样就不用买鸡蛋了。每个人都经历过饥饿。巴尔比诺怒气冲冲地说现在的人变得太娇贵了。他说，在过去，你必须以自己地里所种的东西为生，你可以宰杀长不肥的猪制作香肠和火腿，可以吃上一整年。到那时为止，即使那些很少离开村子的人也买了电视机，他们看到了外面充满欲望的世界。他们对很多他们自己不能生产的东西产生了渴望。这些欲望被当作罪恶。人们知道，人一旦产生了欲望，就没有休止。所以，他们尽量克制自己的欲望。早饭他们继续用烧柴锅做**大蒜汤**，用面包蘸着吃。他们也买了燃气灶，因为这是你应该有的灶具，但是他们讨厌使用燃气灶，因为燃气灶做饭太快，把食物烧糊，也烧掉了他们的钱。他们有刚装好瓷砖的卫生间，有闪闪发光的镜子，有闪闪发亮的瓷马桶，但是他们还是在牛棚里和牛一块拉屎。

我完全同情圣玛利亚村的村民。我对他们面临的糟糕矛盾没有任何解决办法。我同情他们为坚持古老的生活方式付出努力的同时，又不得不屈服于消费主义的诱惑。反过来，他们对我非常慷慨，我觉得我并不值得得到他们的慷慨，因为我是一个骗子，没有告诉他们真相，也没有告诉我自己父母真相。但是为了满足他们的虚荣心，我告诉他们，他们鲜活的历史才是他们最大的财富：他们的传说、民间故事、村庄的旧文件、他们对古老的耕作方式的记忆。后来，他们就把我当作他们失去的儿孙一样，我不远万里来到这里就是为了证明他们的选择是正确的，使他们确信他们留守在土地上不是疯狂的行为。

那时我正在读雷蒙·威廉斯的《乡村与城市》，记住了他的亲耕信条："如果我们要生存下去，我们必须发展、扩大我们的农业工作……农耕必将变得越来越重要，而不是越来越不重要。我们最重要、最迫切、最需要的活动之一，在空间或时间上、或者既在空间又在时间上被取代，以至于它貌似仅仅与遥远的或过去的土地有关联，这是工业资本主义最显著的扭曲变形之一。"尽管我相信这些话，但是我认为我最不可能为任何回归土地的运动代言。

我虽然是一个非常热心的年轻姑娘，但是在田地里我却帮不上一点忙。我对树木、花粉、豚草都有强烈的过敏反应。刚到圣玛利亚村，我的荨麻疹就爆发了。我打喷嚏打得都喘不过气来。眼睛总是淌水，好像刚看过一部伤心的电影一样。有一位医生每周两次到村里来给老年人量血压。我也成了他的"常客"，他给我打防过敏针以控制我对植物的强烈反应，但到处都是花儿盛开的植物，所以打针还不够有效地减轻我的症状。在我把干草叉到大车上的时候，或者在拔野草的时候，我得不断地抓挠发痒的皮肤，或者擦鼻涕。这好像还不够糟糕。我还没有定力亲眼观看村里为了维持生活的正常宰杀行为。看到村民用刀砍掉鸡头，无头鸡在院子里乱跑；或者看到兔子被宰杀之后，一只眼睛被捣碎，另一只眼睛像一只弹珠一样蹦到地板上，我就一阵眩晕，必须立即坐下来，抓住椅腿才不至于晕倒。当巴尔比诺和希拉里娅要宰杀他们所养的一头猪的时候，我已经熟悉了整个夏天它们臭烘烘的气味。他们要我拿着木桶帮助接猪血，之后他们用猪血做血肠。也许我自己就是一头马拉诺，我想到的是自己的血淌满了木桶，所以我的手抖得很剧烈，有一些血洒到了地上。他们笑话我，并把木桶拿走。这一点活我都干不了，如果整个人类的生存系于吾身，我们早就灭亡了。

那么我能做什么呢？我所给予圣玛利亚村村民的是我的尊敬。这是我到那里的目的。给予他们别人没有给予他们的尊敬，给予他们连自己都没有信心得到的尊敬。尊敬他们的劳动，尊敬他们的知识，尊敬他们的勇气，尊敬他们坚守在小地方的固执——当整个世界都认为去大城市生活才是明智的选择，那里有他们从来不会见到像海水一样流动的金钱，以及人们更大的梦想。自己作为移民的女儿和移民儿童，我的历史中有太多被遗弃的地方，以至于我不再确定我归属何方，但是机缘巧合的是，天意让我遇到这样的一群人，他们坚决在自己的土壤上生根发芽，而不愿去其他任何地方。

我能为他们做到的只是写下并保存他们的故事，给他们拍一些照片而已。我知道如何运用的工具只有我的笔、我的打字机和我的相机。

我开始记录我所能够记录的他们的生活。我想让后人记住他们生活的每一刻，但是我还是个新手。我知道我错过了很多事情。后悔没有把那些故事写到田野笔记上，那些我不知道如何去讲述的故事。

在像圣玛利亚村这么小的地方，我认识这里所有的居民。有的了解得多一点，有的了解得少一点，但是在我心里，这么多年过去了，我仍然记得，从村子一头到另一头，挨家挨户，在我还是年轻姑娘的时候谁住在哪一家；我记得他们的眼神，我记得他们非同一般的名字——具有诗意的名字，像维纳拉宝、维塔连诺、罗迪克、菲力西斯摩、迪奥尼西奥、阿波罗尼亚、奥罗拉、博尼法西亚、贾斯塔、赛特拉尼娜。

我记得，那些体弱多病者从来没有被剥夺任何享受人生的权利。我记得，患有唐氏综合征的妮卡诺娜在水泉边洗她自己的手帕，因为她的妈妈，弗恩西斯拉，亲切地教她保持手帕干净的重要性。我记得费南多，一个认知能力受损的男人，由他的妹妹英尼斯和妹夫西克斯特照顾，在出去放牛的时候，轻轻地用他的手杖戳牛屁股。我记得阿兰迪诺的甜蜜微笑，他因得了一种先天疾病卧床不起，这种先天疾病导致头部长得太重，四肢无法支撑。照顾他的是他的妈妈，佩特罗妮拉，还有他的几个兄妹，卡拉罗、德尔汩罗和阿玛宝，他们都因同样的疾病而有些轻度畸形。

我记得，村里的每个人对我和大卫都很好。他们从自己菜园里摘下像糖一样甜的西红柿送给我们。他们教会我们如何像读书一样看懂村里的地形，每一条路、每一座山、每一片草地都有一个名字和一段历史。他们让我给他们拍照，即使是在他们汗流浃背、疲惫不堪的时候。他们讲故事，讲了很多故事，有些故事是关于那些有福之人的，有些故事是关于那些被诅咒之人的；既有悲伤的故事也有滑稽的故事；还有既悲伤又滑稽的故事，例如，那个关于他们焦虑的牧师的故事，堂艾菲吉尼奥牧师在讲弥撒的时候害怕晕倒，他的堂兄西克斯特必须把他拽到圣坛上才行。

第一晚留宿我们的玛丽亚就是一位惊人的讲故事大师。她知道许多俗语。我最喜欢的是：谁想弄瞎自己的邻居必先抠出自己的眼珠；有些人天生就是篮子，另一些人把葡萄放进这些篮子。因为大卫写字比我写得好，而且他想学西班牙语，所以是大卫在一个小笔记本上记下了这些俗语和玛丽亚所讲的故事。我们经常下午去拜访玛丽亚，当我们想起我们第一次遇到她那天的情景，我们大笑起来。她那天向我们保证她和维尔吉利奥不会在我们睡觉的时候谋杀我们，她也不希望我们谋杀他们。

有一天，她给我们讲了发生在一个村子里的故事。这个村里的所有人都想成为有钱人。上帝听到之后就派了一个天使去满足所有人的愿望。村民都很高兴。他们都跑到麦场，又唱又跳，因为他们都将成为有钱人。天使到达之后，每个人都许了一个愿望。第一个人想要绵羊，许许多多的绵羊。第二个人想要食物，许许多多的食物。第三个人想要土地，许许多多的土地。第四个人想要成堆的黄金。还有人想要许许多多的牛。所有人的愿望都兑现了。但是，那个得到许多食物的人想找一位伺候他吃饭的仆人，当然没有找到，因为大家都富有了，谁打算去做仆人呢？那个得到很多绵羊的人找不到牧羊人。还有，那个得到金子的人站在那里看了四天，因为他找不到人帮他把金子运回家。最后，那个得到许多食物的人去拜访那个得到成堆金子的人。那个得到金子的人请求那个得到食物的人帮助他搬运一半金子，他同意了。但是之后，那个得到金子的人必须帮助那个得到食物的人。他也得学会如何做一个仆人。

这个故事所讲的就是圣玛利亚村的村民所梦想的那种乌托邦：大家都得互相帮助，拥有金子并不能使你比拥有食物的人、拥有绵羊的人、拥有奶牛的人更高贵或更重要。

回想起来，作为一位人类学家，我运气真是不错，我旅程的第一站就是位于坎塔布连山脚下的这座村庄，这是我的老师给我选择的地方。正是在那里，在那些相信基本的谦卑感和所有人类的价值的村民那里，我才意识到我走上了正确的道路。

回到普林斯顿大学之后，收到来自圣玛利亚的来信是一件兴奋的事，信封上贴着 43 比索的邮票，邮票上是满额皱纹的胡安·卡洛斯一世。有时，信封上写着留言："来自邮差阿比里奥的问候。"玛丽亚经常来信，希拉里娅、赛特拉尼娜、西克斯特也给我写信。他们告诉我圣玛利亚村最新的消息，让我知道哪些人去世了。他们终生大部分在土地上劳作，没有养成写信的习惯，他们请我们原谅他们的拼写错误。在信的结尾，他们总是送给我们"一个来自那些不会忘记你们的人的热烈拥抱"。

我知道，这是他们学会的一种标准的结束语套话，但是我一直很感动，他们把这些话送给我和大卫。我在回信的时候，也总是送上同样的话。而且我是非常认真的。我从来不会忘记他们。从来不会忘记圣玛利亚村。那是我度过青春的地方，在我不能回家的时候，那些善良的陌生人给了我安慰，也给了我希望。

唐娜巴尔托拉

———

梅斯基蒂克，墨西哥

1983 年，露丝·贝哈拍摄

来自梅斯基蒂克妇女的礼物

　　在大卫决定改信犹太教后，我和他终于在 1981 年结婚。婚礼在森林山的赛法迪教堂举行，离我的高中只有几个街区，在一座栀子花彩棚下面，来自摩洛哥的拉比穆尔西亚诺为我们祈福。我的父母原谅了我，并欢迎大卫来到我们家。几个月过后，夏去秋来，在树叶飘落的季节，我们把衣服和书装上车准备去梅斯基蒂克。这是在墨西哥中部崇山峻岭之间开辟出的一个小镇。大卫选择研究那里的农业改革作为毕业论文。我陪他去那儿是出于公平考虑。毕竟，我在西班牙德尔蒙特圣玛利亚村做毕业论文研究的时候，他在那里陪伴了我几年。

　　梅斯基蒂克的镇长批准我们住在一间镇政府货栈。它位于镇子外围，无人居住，肮脏不堪。如果我们把它修好，我们可以住一两年。起初，当我们看到他们所提供的房子时，真是痛苦不堪：一间狭长的长方形房间，房顶很高，前面有一个大院子，里面都是破旧的水泥块。院子的另一头是卫生间，这是带有一个淋浴间的厕所，离街道很近，你能听到街上过往的人们互道早上好和下午好的声音。卫生间里没有电，夜里我们必须用手电筒照亮我们的路。即使在白天，我也害怕独自淋浴。我洗澡时，大卫在淋浴间外等我。他把浴巾搭在胸前用体温给它们加热，耐心地站在旁边等我洗好澡，然后用两条浴巾把我包裹起来。

我们都是 25 岁，感觉还在蜜月期。慢慢地我们把这间简陋的货栈变成了温暖的小窝。我们在圣路易斯波托西市附近找到了一张旧床。大卫买了几块木板，做了一张书桌和一个书架。我们从市场买来了几把柳条椅子。在全国手工艺品连锁店"纺雅特"的地区分店，我看中了一个镶有手工雕花的梳妆台，虽然是一件奢侈品，但是我们缺了它也不行。几码白纱挂在头顶就成了一个蚊帐。

在我们有两个燃烧器的电炉上，我们做了豆菜和油炸玉米粉饼，再吃一些切成两瓣的鳄梨。我们彼此如此恩爱，以至于大卫总是拿那带有根蒂的一半，我就不用为之费心了。在街上，我发现了一些简陋但好看的墨西哥红土盘子。我们用带有天空蓝边缘的高脚玻璃杯品味冒着气泡的卢德尔水，貌似在喝香槟酒一样。

日复一日，我们的庭院变得越来越漂亮。大卫清扫了瓦砾堆，我摆上几盆橙色的天竺葵和紫红的九重葛。

虽然我在墨西哥生活，但是我天天写的是西班牙。我还差几章就把毕业论文写好了。我尽量待在屋里，强迫自己快点完成。真是一种奇怪的感觉——身体在这个地方，大脑却在另一个地方。

大卫每天都出去找镇上的居民，回来就告诉我他见到了哪些人，看到了什么。我一直宅在屋里，以至于人们都和大卫开玩笑说，他把年轻的媳妇锁在屋里因为他不想让当地的男人一饱眼福。

如果我们住在市里，就没有人会去关心一个偶尔被看到给天竺葵浇水的外国女人，也不会清楚她是什么人——既不是外国佬也不是墨西哥人。

一天下午，六位妇女来到我们房屋的前门。有人告诉我们，不管我们在不在家，大门要用粗铁链和挂锁一直锁着。领头的是一个名叫西尔维娅的当地小学老师。她淡棕色的头发整齐地挂在脸上，眼里闪烁着智慧的光芒。这群妇女对我很好奇，因为我是那个外国佬的神秘老婆。她们过来是和我打声招呼，看看我有没有什么事情。

我请她们进屋，但是她们只进到前院。西尔维娅说她们知道我还要工作。

她问我在做什么工作，怎么如此之忙？

我说我在写毕业论文，我写完之后要把它交给我在美国的老师们，我将获得人类学博士学位。

西尔维娅笑道："你一定很聪明。"

一点也不，我想。写完这篇该死的论文花费了太长时间。我步履维艰，绞尽脑汁地描写我在第一次田野调查时去过的村庄的所见所感。

西尔维娅手里提着一个塑料桶，上面盖着一张白色刺绣餐巾，边缘是钩针织成的白色流苏。

"我们给你带来一些玉米粉蒸肉。"她说。

然后，她把餐布掀开，我闻到了热腾腾的玉米和辣椒的香味。我所能做的并不是伸手去拿一块当时就吃。相反，我邀请西尔维娅和他的同伴留下来和我一起吃玉米粉蒸肉。她们礼貌地摇摇头。"不，这些玉米粉蒸肉是给你和你丈夫的，"西尔维娅说，"我们过来看一下。我们不想多占用你的时间。"

我想留西尔维娅和其他人多待一会儿。我只随意穿着牛仔裤和T恤衫，她们穿的是齐膝长裙，还有如手绢一样薄的衬衫，条纹状的长围巾松散地裹在肩上，或者叠在头上以保护自己不受正午太阳炙烤。我喜欢和她们在一起，一想起必须把自己锁在屋里持续写作，我就感到无法忍受的孤独。

到门口的时候，西尔维娅问："你的西班牙语怎么说得这么好？"

"我在古巴出生，"我说，"但是从童年开始，我就住在美国。"

"所以，在跨越边境的时候，你不会受苦。你可以来往自如，没有任何问题。"

"是的。"我小声地说。我希望我承认这一点不会让她们对我产生反感。

妇女们要走了，西尔维娅叮嘱我把门闩好。"这里很安全，但是以防万一，"她说，"你是个女人，而且白天大部分时间只有你一个人。"

她等我从门里把大门锁好才和我说再见，然后去追赶其他妇女。

我慌忙返回屋内，关上门，撕开一块玉米粉蒸肉。几缕玉米须掉落在地。品尝着玉米团的香甜，辣椒清爽的辣味，我眼前浮现出那些一个一个亲手做玉米粉蒸肉的妇女的样子。我吃了一块又一块。

最后，我坐下来，开始敲打手动打字机的键盘。我打字很快。我10岁时，在我的腿伤康复阶段，就学会了不看键盘打字。闭上眼睛，如痴如醉，那天我写了很多。墨西哥的味道在我的口中。但是我比以前任何时候都更急于完成论文，然后就可以从藏身之处走出来。

我花了几个月的时间才终于把毕业论文写完，然后回到普林斯顿大学进行论文答辩，获得博士学位。第二年夏天我回到梅斯基蒂克的时候，我就很少宅在屋里，而是挨家挨户地认识那些妇女。

所有妇女都有孩子，很多孩子。如果一个女人自己不能生孩子，别人，一个姐妹或表姐妹，就给她一个孩子抚养。做一个女人，你就得是一位母亲。

令人羡慕的小学教师西尔维娅也不例外。她教一年级学生阅读，非常轻松。我看到她从容地应付一大家人，包括她的婆婆唐娜琼妮塔，她的公公堂佩德罗，她的丈夫曼努埃尔，他也是个小学老师，还有七个孩子。

有一天下午，我、大卫和西尔维娅、曼努埃尔一起去参加他们的朋友在附近农场举办的狂欢节。家中的母亲，包括附近所有的妇女，花了一周时间磨辣椒、花生、杏仁、芝麻、大块的**阿布艾丽塔**巧克力制作摩尔沙司，可以和西红柿饭、玉米饼一起食用。那是一个温暖灿烂的日子，但是我看到西尔维娅却把一件羊毛围巾裹在她胸前。因为天热，而且又吃了摩尔沙司，她已汗流浃背。随后，我和她坐在皮卡车上等曼努埃尔和大卫一起返回梅斯基蒂克。她脱下围巾，向我解释说她已经怀孕了，但是不想任何人知道。为什么？

我问。她告诉我她已经 38 岁了，她太老了不适合再生孩子。她也没想到再生孩子。这次怀孕让她感到失控。

夏末，西尔维娅最小的女儿梅丽莎出生了。对家人来说，她是一份喜悦；但邻居们却大吃一惊。他们私下开玩笑说，西尔维娅老师不让任何人看到她的大肚子。西尔维娅住在镇中心的一座古老的大宅子里，这座宅子属于唐娜琼妮塔。即使再生一个孩子，也有足够的房间、足够的食物、足够的爱生活下去。

梅斯基蒂克的大部分妇女没有这么幸运。像住在鞋屋的那个老太太，他们家的孩子多，但是没有足够的房子、食物和爱。男人们经常大吼大叫，还殴打他们的老婆。大部分男人，不论年纪大小，都认为采取避孕措施有失身份，而且不允许他们的老婆避孕，因为成为众多孩子的父亲是他们男子汉气概的体现。那些获得丈夫允许使用避孕措施（通常是节育环）的妇女，当她们的丈夫出境去找工作时，就必须把它去掉。当她们的丈夫不在家时，如果他们的老婆与别的男人发生性关系，她们就会怀孕，证明她们不忠。

伊莎贝尔是一位来自圣路易斯波托西市的年轻医生，她在梅斯基蒂克做社会服务，很孤单，也不习惯住在农村。她和我一样都觉得自己是局外人，所以我们成为好朋友。但是和梅斯基蒂克的妇女一样，这位医生也认为一个女人有生孩子的责任。在给婴儿接种了一整天的疫苗之后，在她诊所里四壁白墙的办公室里休息的时候，伊莎贝尔告诉我："你应该生三个孩子。"她娇小端庄，像一只白色的鸽子。她自己把这家诊所管理得井井有条，真是令人赞叹。"你为什么需要生三个孩子的原因是这样的：只生一个孩子太可怜了；

如果你有两个孩子，一个死了，你还有一个；有三个孩子，如果一个死了，你至少还有两个。"

　　她在农村待了很长时间，见过很多孩子死于贫穷和营养不良。但是，据我观察，梅斯基蒂克的婴儿死亡率在不断下降，因为像这位医生这样的人都开始关注公众健康。但是，伊莎贝尔也有墨西哥人对脆弱生命的敏感。而且，她知道，死神任何时候都会降临，瞬间带走任何人的爱子。

　　一天夜里，伊莎贝尔派一个男孩跑来找我。"医生让你快点过去，"他大喊，"别耽搁。"医生需要我帮助接生。

　　在诊所里，一个女人即将生产她的第13个孩子。尽管她接受过训练，但她还是痛哭呻吟。伊莎贝尔告诉我抓住那位妇女的手安慰她。最后，孩子滑了出来，全身粘满黏膜和黏液。医生说其中有几块是那妇女恶化的子宫。我花了两个小时用棉球把婴儿全身擦干净。

　　几个月后那个妇女又怀孕了。她难产，需要赶紧送到圣路易斯波托西市医院。在医院里，没有征求谁的同意，医生们就扎上了她的输卵管。她从15岁开始就一直生孩子。

　　她丈夫很愤怒，对他的妻子大发雷霆，打骂她。他认为关闭她的子宫是她和医生的阴谋。不久，他就抛弃了她。

　　25岁上下的时候，我觉得自己太年轻，还没有想过生孩子的事。但是，我与当地妇女接触得越多，就越因自己没有孩子而感到与她们生疏。我想告诉她们，我也创作了一件东西，不是具有血肉之躯的婴儿，而是一件智力结晶，即我的博士论文，我在博士论文上倾注了我数年的时间和努力。这篇论文也是我的一部分灵魂寄居之地。我的老师认为我的论文好得完全可以出版了。我无法把这些说给梅斯基蒂克的妇女听，也无法向她们传达这样的观念：一个女人的智力可以创造有生命的东西，就像她的子宫一样。

梅斯基蒂克有一个妇女，无论什么时候看到我和大卫，都对我们喊："亚当和夏娃，夏娃和亚当！你们二人打算永远孤独么？当你们老的时候，谁给你们热玉米饼？"

在一次狂欢节上，有一个我几乎不认识的妇女坐在我身边，递给我一瓶可口可乐，小声地说："我认识圣路易斯波托西市一个厉害的医生可以帮助你们，如果你们没办法怀孕。"

当我去看望一个叫佩特拉的妇女的时候，她问了我的年龄，然后说："你还等什么？二十多岁是一个女人一生中生孩子的最佳时间。过了30岁，你的髋部就变僵硬了，不灵活了。"她用手掌摁住我的臀部。"哦，圣洁的上帝，它们已经很紧了。不要再等了。"

关于"哭泣的女人"，有许多不同传说。她为自己死去的孩子哭泣，因为她的孩子被墨西哥的征服者们夺去了。或者因为，在这个故事的其他版本中，她的孩子被她抛弃，或者被她流产，她后悔不已。如果你半夜听到，你可以发现她哭得比疯女人还厉害。

我和大卫一直采取避孕措施。我们都不知道自己能否怀孕。如果在我们努力防止怀孕之后，却发现自己不能生孩子，那该怎么办？这个问题开始困扰我。我们每六个月去得克萨斯州一次是为了再次穿过边境来到墨西哥，延长我们的签证。在我们越境返回得克萨斯州的一次旅途中，我翻看了一些关于女性健康、生殖和怀孕方面的书。我开始记录我排卵的时间。我开始注意一个月中如果我想怀孕的话，我可能怀孕的那几天。

与此同时，我们的资助金即将用完。我们在梅斯基蒂克快三年了。我们想留下来成为侨民吗？我们梦想买一块地盖一座房子。但是我们没有积蓄。还是要现实些，因此我申请了美国的几个博士后研究职位。这些都是非常著名的研究职位，我没有多少信心能够获得任何一个。

在我们附近的农场上有一个仙医。我想认识她，但是有人告诉我她不想接受采访。只有我真有问题求助于她时，她才愿意见我。她在当地很有名气，她可以驱魔，给人们一些辟邪物帮助他们安全越境。她住在一个木棚里，棚子里散发着树脂和乳香的味道，还有她排放在圣坛上的几束万寿菊的香味。

我告诉仙医我很担心我的未来，我在等待境外的一份工作的消息。如果一切落空怎么办？我和我的丈夫下一步该怎么办？

她一句话也没说，眼睛一动不动地盯着我看，我感到有些不安。然后，她慢慢站起来。因常年用手压榨她棚屋周围的龙舌兰汁液，她的双手变得非常有力。她用药草在我身上擦了几下，清洁了我的身体，祛除了邪魔。她又告诉我去摘三朵白色的花放在床垫下。我很快就能得到答案。

我按照仙医说的做了。

几个星期过后，我把床垫下的花全忘掉了。

一天下午，我去拜访一位老太太，唐娜巴尔托拉，后来我和她很熟悉。她和她的女儿、外孙女住在镇中心。她身体虚弱，得了肺结核，但是她喜欢给我讲她的人生故事。她的外孙女每周两次在她们家门口卖辣酱玉米馅饼。我和大卫经常停下来吃一盘美味的涂满辣酱的玉米饼，轻微用油煎好，再铺上一些洋葱片、碎奶酪和酸奶油。

　　我吃了玉米馅饼，并且被邀请到屋里聊天。大卫还有事情要做，说他过一会回来。在中心院子旁边一间卧室里，我看到唐娜巴尔托拉坐在一张木凳上。她示意我坐在床边。一个约有九个月大的婴儿，她的重外孙女，在两个枕头中间的床板边睡觉。

　　唐娜巴尔托拉和我聊天，没有留意那个宝宝。过了一会儿，那个小家伙醒来，开始蹬腿哭闹。唐娜巴尔托拉继续说话好像什么事情都没有发生一样。"卖完了玉米馅饼，她妈妈会过来照料孩子。"

　　那个宝宝需要照看的要求越来越强烈。她蹬腿蹬得更急，哭声也越来越大。唐娜巴尔托拉却一动也不动。孩子的母亲还在门口卖玉米馅饼。

　　不能忍受看到孩子无人照顾，我就把她抱在怀里。她立刻安静下来。我来回摇晃着她。过了一会儿，我把枕头靠在床头，让她倚在上面。她等着看我下一步做什么。我挠挠她的小脚，她高兴地嘟嘟叫。看到她有点厌倦，开始烦躁不安，我又把她抱起来，把她放在我的膝上，上下摇晃，一上一下。唐娜巴尔托拉安静地看着。最后，她妈妈过来看女儿的时候，宝宝已经快乐地躺在我怀里睡着了。帮助她们照看孩子，我觉得我做了点有用的事情。但是，令我吃惊的是，她妈妈猛地把女儿从我身上抱走，一句话也没说。很快，大卫完成工作返回，我们就走了。

第二天早晨，唐娜巴尔托拉的另一个外孙女来敲门。她带来了一条口信："我外婆立刻要见你。"我跟着那个女孩来到她们家，不知道发生了什么紧急的事情。唐娜巴尔托拉在门口等着我，一脸愁容，那个婴儿的妈妈也是如此。

"宝宝哭了一夜。"小女孩的妈妈说道。

"很抱歉听到这件事。"

唐娜巴尔托拉转向我说："我们认为你给了宝宝邪眼。请你用力挤压她的头，然后用你的衬衫擦擦她，这样我们就可以确定你是不是想伤害她。"

对她的要求，我感到非常震惊，但是我还是按照唐娜巴尔托拉所说的做了。她们怎么会想到我想伤害那个宝宝？我还觉得她们应该因为昨天哄孩子玩而感谢我呢。但是，结果是她们认为我惊吓了孩子，给了她邪眼，用我的欲望和嫉妒伤害了她。

幸运的是，那个孩子第二天就好了。我却成了一个感到冤枉的人。我有什么权利去抱那个不属于我的孩子，而且抱得那样亲切，那样温柔？

在这件事之后不久，我去到唐娜玛格拉那里取信。邮局把整个镇上的邮件都送到她店里。我早就学会要和她处好关系，因为如果你不这样做，她就会压下你的邮件不给，告诉你没有人写信给你，告诉你明天再来看看是否有好运。我会定期从她那里买一瓶汽水或一块波里罗面包，假装对邮件一点也不感兴趣。她有一种奇怪的处理邮件的方法。她把一麻袋的东西都倒在地板上，然后一封一封地分拣。

我一边喝着橙汁汽水，一边看她费劲地翻找邮件。找完之后，她随手递给我两封信，原来这两封信就塞在两瓶食用油中间。"这是你的信，昨天刚到。"

这两封信是我博士后申请的回应。我打开信，简直不敢相信。我获得了不是一份，而是两份研究职位。那些白色的花已经给了我答案，正如仙医所许诺的一样。

不，我和大卫终究不会成为侨民。边境的另一边在召唤我们回国，那里才有我们的生活和目标。

在墨西哥城 1985 年的地震即将来临的时候，我们再次整理行装，把我们能放到车上的墨西哥罐子和玻璃杯都塞到车上，我们朝着巴尔的摩出发。我已经把约翰霍普金斯大学一年的研究职位和密歇根大学三年的研究职位串在一起，之后四年我们就有了目标。

在巴尔的摩，我们从一对正统犹太夫妻那里转租了一套房子。他们避开了在老婆月经期分床睡觉的限制，把两张单人床并排放在一起。我和大卫都感到惊奇。那时，一张单人床就足够我们两人睡觉。我们整晚都睡在彼此的怀抱里。

开始我没有注意，但随着时间的流逝，我在早晨时感觉有点不舒服。我感到十分饥饿，但是吃东西的时候又难以下咽。我感到难过，感到精神错乱。我体内的东西和周围的东西好像都颠倒了一样。怎么回事？我为什么一直感到晕乎乎的？这些身体感觉是不是神经问题引起的？我要表现得沉着冷静，在我应该参加的各种学术会议上做精彩的发言，这一切使我力不从心。我要证明我胜任博士后职位。我好像得了冒牌者综合征。或者，我也许真的生病了，也许癌症在袭击我的骨骼和血液？

我去了当地一家健康诊所，唯恐收到恐怖的消息。相反，我才知道，我在梅斯基蒂克认识的那些妇女的魔法在我身上起了作用。我怀孕了。我 28 岁，还差两年才到 30 岁。我希望，我的臀部还足够灵活，允许我生下一个孩子。

在怀孕早期，我感到头痛恶心，但是后来，我很轻松愉快，不再担心我的同事如何说我。每天早晨大卫把一份早餐——烤吐司夹煎鸡蛋——送到我床上。随着我的肚子越来越大，我能感觉到宝宝都踢到了我的肋骨，我知道孩子的四肢肯定很长。我突然感觉自己精力充沛，变得"多产"起来——写了几篇关于墨西哥殖民地时期的妇女巫术的论文以待发表，这些论文源自我所读到的宗教法庭的记录。

夏天到了，我们整理行装。在离开我们租的房子之前，我回头看了看那两张相连的单人床，那里就是我怀上我们儿子的地方。我准确地知道我怀孕的时刻，当我们激情迸发的时候，我们没有用避孕套。我是多么想要一个孩子啊！我们唯一一次没有避孕我就怀孕了。唐娜巴尔托拉早就看到我体内充满怀孕的渴望，但我自己还没有意识到它。

我开着我们自己的车一路奔向密歇根州安娜堡市。大卫坐在"友好"搬家公司的货车里跟在后面。我们买了很多东西，自己的车已经装不下了。我从方向盘后面几乎坐不进去。我们每两个小时停下来一次，这样我可以去卫生间。

六七月份，在安娜堡，我每天都哭，每天早晨醒来就哭。也许那是荷尔蒙造成的，也许"哭泣的女人"还在缠着我。也许我因不知道未来的生活会怎样而害怕得哭泣。我能成为一位母亲、同时仍然可以读书、保持写作的梦想吗？我会被迫放弃我熟悉的生活而去日日夜夜地照料小家伙的生活吗？我知道如何做一位母亲吗？这个世界充满了危险，从雷电到杀人犯到火灾到魔鬼，这每一样东西都很危险。还有那些看不到的危险，无数未知的危险，该怎么办？玫瑰有刺。我是否知道如何保护我的孩子不受邪眼危害？

我如此焦虑，结果，当要生产的时候，我却生不出孩子，分娩持续了三天。医院里照料我的助产士设法说服医生不给我做剖腹产手术。但是医生不得不用钳子把孩子从我体内拽出来。他们告诉我，在过去，我肯定会死于难产。

我儿子正好在午夜之后一分钟出生。在过去几个小时里，我一直咬着牙以至于上下颌僵硬地说不出话来。在宫缩的时候，我的尾骨破裂，痛得无法言喻。我心里十分愤怒，愤恨宇宙，愤恨上帝，自从人类被逐出伊甸园以来，把这种分解人体的活分配给了女人。

很快我的儿子被送到我怀里。穿过产道，经过危险的旅程，他浑身青紫。他睁着眼睛看着我，好像在说，他知道，知道我所吃的苦，他明白，而且感到抱歉。

如果换作梅斯基蒂克的妇女，我将会得到更多孩子。但是我决定只生一个孩子。后来，我带着我的儿子返回梅斯基蒂克，我告诉她们我现在是一位教授，教很多学生，读很多书，为了谋生写书出版，她们点着头，好像不明白我的话。最后，我至少也是一位母亲。我不再构成威胁，我不再会贪婪地盯着她们任何人的孩子看。

我从来没有停止阅读，而且我必须说，我在儿子出生之后所写的书比我在他来到这个世界之前写的毕业论文好得多。我把我对书本的热爱传递给他。现在，他是我最忠实的读者，也是我想写的书最明智的批评家。

现在回想我刚生的孩子，我的第一反应就是他像来自另一个世界的天使一样。因此我给他起的名字是加布里埃尔（Gabriel）①。他是我所见到的最帅的男孩。这位天使是梅斯基蒂克的妇女送给我的礼物。

---

① 即加百利，在基督教中，他是替上帝把好消息报告给世人的天使。

贝哈人峰会

———

西班牙贝亚尔市

2004 年，拍摄者佚名

贝哈家族的第一次世界峰会

2004 年初，一位名叫依艾柯·贝哈的男子通过传真发给我一份神秘的邀请函。他是一位生活在墨西哥的保加利亚犹太人。传真通知道，依艾柯和他的家人将为所有姓氏为贝哈（Béhar）、贝雅尔（Béjar）、维加尔（Vejar）、贝雅拉诺（Bejarano）或贝查拉诺（Becherano）的人举办第一次世界峰会。在这个标题下，邀请函上写道："上述家族人氏峰会将于 2004 年 9 月 6～9 日在西班牙的贝亚尔市举行。"与会者预计可以听到"一位家谱专家关于我们姓氏的根源和联系的演讲"，而且可以游览贝亚尔市以及邻近的埃瓦尔市。

这立刻引起我的兴趣。一位碰巧和我同姓的、完全陌生的人只不过发给我一张薄薄的传真，就成为我同意参会的唯一原因，我急切地想返回西班牙，从一个犹太人的全新视角重新审视它。早在我

19 岁之前几个月，在德尔蒙特圣玛利亚村做田野调查工作的时候，我和西班牙已经有了联系。在那个易受影响的年龄，我出国去马德里学习了一个学期，学会了吸公爵牌香烟，在傍晚的时候喝雪利酒，在普拉多博物馆地下花几个小时看戈雅的黑画。那是 1975 年，佛朗哥将军还在埃尔帕多宫苟延残喘。他像吸血鬼一样每天都需要输血。他对西班牙人民的控制已经削弱，但是即使在那时，只有少数几家书店敢卖休·汤姆斯批判西班牙内战历史的书。你必须在前台问清楚，然后他们才把用牛皮纸裹着的那本书递给你。

当佛朗哥咽完了最后一口气，西班牙近 40 年的高压独裁统治就放松了下来。西班牙已经准备好面对历史——一部自我毁灭的20 世纪历史，和一部更长的历史，一直追溯到过去 500 年的历史，在这 500 年中，西班牙变成了单一的天主教国家。西班牙已经成功地对美洲实施了大规模的宗教和政治征服，但西班牙也为自己的统一付出了巨大的代价，特别是在 1492 年前后，西班牙通过一系列的屠杀、战争、迫害和宗教审判，驱逐了本国的犹太人和穆斯林。佛朗哥的时代一去不复返了，随着民主化进程发展，那些曾经在西班牙国土上生活过的犹太人和穆斯林产生了恢复他们记忆的愿望。

若不是现代赛法迪犹太人的存在，这种寻找记忆的努力也许只是一种朦胧的想法。赛法迪犹太人是那些认为自己被从赛法拉底流放的犹太人，Sepharad 或 Sefarad 在希伯来语中的意思是西班牙。犹太人对驱逐他们的故土产生了一种难以捉摸的甚至神秘的关系。许多赛法迪犹太人散布在美国、以色列、土耳其、拉丁美洲等地，但是他们现在还说着一种古老的、音调优美的、充满格言的西班牙语，被称为犹太西班牙语或拉迪诺语。在现代西班牙人看来，这种语言听起来像塞万提斯的《堂吉诃德》的言语一样迷人。实际上，很久以前，西班牙人就对赛法迪犹太人产生了浓厚的兴趣。在19世纪80年代，一个名叫安琪·普利多的西班牙医生兼议员在乘船从维也纳到布达佩斯的旅途中就发现了赛法迪犹太人的存在。1905年他初次出版了《没有国家的西班牙人和赛法迪犹太族》(*Españoles sin patria y la- raza sefardi*)这本书。据他在书中所述，他碰巧遇到了一个名叫恩里克·贝雅拉诺的赛法迪犹太人，贝雅拉诺在布加勒斯特开办了一所西班牙以色列学校，普利多才知道这些被逐出西班牙的人还在说西班牙语。这次经历使他大为感动，鼓舞他终生探索流散在外的赛法迪犹太人的足迹，并且帮助赛法迪犹太人返回西班牙。他并没有完成这个任务，也没有实现他所设想的终极救赎。普利多认为驱逐这些犹太人就像截断了西班牙的一条腿，为了宗教利益和物质利益，西班牙需要治愈这样的历史创伤。

那时我还年轻，还没有读过普利多的书，只是模糊地意识到，随着佛朗哥的去世，历史即将发生重大改变。但我可以确定的是西班牙已经抓住了我的想象力。在马德里学习一学期之后，我在卫斯理大学选修了一门课程，在这门课程里我们读的唯一的一本书是《堂吉诃德》。第二学期我差一点挂科，因为我没有准备好综合考试，而是把精力花在导演费德里戈·加西亚·洛尔卡的剧作《伯纳达·阿尔巴之家》(*The House of Bernarda Alba*)上。我成了一个狂热的西班牙迷，弹奏古典西班牙吉他，穿着西班牙披肩，戴着黑毡帽，说着卡斯蒂利亚语，而不是古巴西班牙语。

后来，在20世纪70年代后期、整个80年代，以及90年代早期，我不断返回德尔蒙特圣玛利亚村做田野调查。那时，去古巴旅行是根本不可能的，因我祖籍是赛法迪犹太人，我发现可以在西班牙找到归属。我认为，这些根就藏在我姓氏的历史之中，而且我敢说西班牙也许就是我失去的另一个故乡。

但是我在西班牙寻找归属感的渴望遇到了一个障碍：我不好意思说我是个犹太人，更不要说我是一个祖籍被驱逐所玷污的犹太人了。作为一位人类学者，我的事业刚刚开始，我想融入他们，所以我自己沉浸在天主教信仰、仪式和风俗之中。因为我说西班牙语又来自古巴，人们认为我就是天主教徒。有时，有人就直截了当地问我是不是天主教徒，表情十分严肃，好像要说："我们当然希望你是天主教徒。"我自己很吃惊地点点头，然后转换话题。我从来没有想到要去撒谎，但是遵守天主教社会秩序的压力太大。每天都在教堂背诵玫瑰经。村里几乎每个人都要参加周日弥撒（牧羊人可以有理由不去，还有一两个坚定的反教者也可以不去）。我想，我本可以拒绝参加，但这种做法有些不尊敬。以人类学的名义，我学会了用西班牙语背诵《玫瑰经》，学会了在弥撒中恰当的时候跪下。当大家都画十字的时候，我也跟着画十字。我既不忏悔也不接受圣餐，但这不会让他们惊讶，因为只有村里老年人出于虔诚每周做一次。

在与西班牙结缘的那些年中，我经常对继承自父亲的"贝哈"这个姓氏感到疑惑。像一些美国妇女结婚时做的那样，我拒绝把它去掉。如果我父亲的家族是赛法迪犹太人，而且很可能500年前就在西班牙生活，那么我们有可能来自贝亚尔市吗？我在地图上找到了贝亚尔市，注意到它位于我所在的里昂以南还不到200英里①的地方，在与葡萄牙交界处附近，该地区周围有著名的塞拉曼加大学城。我兴趣盎然地去了一次贝亚尔市。我不确定能否在那里找到我家族根源的任何证据，但是也许可以看看犹太人生活过的地方。在许多西班牙市镇，有一种越来越常见的做法是：在一些老的**犹太社区**，他们的住宅有标志牌，这样游客可以很容易地找到他们。但是，当我去贝亚尔市的时候，这个城市还没有统一的犹太人法案。我最终不得不漫无目的地四处游逛，最后买了一件纪念品，是一个带有童贞女圣玛丽亚图像的钥匙扣。这个钥匙扣已经在我书柜里很多年，等待着那把神秘的钥匙出现。这是所有赛法迪犹太人都会保留的钥匙，它可以打开犹太人很久以前抛弃在西班牙的房屋。

这把钥匙并没有出现，但是依艾柯·贝哈出现了，带着他的浪漫、疯狂、影响深远的梦想，他在贝亚尔市组织举办贝哈人第一次世界峰会。但是如果没有他儿子马里奥的精湛技术以及他的两个孙子莫里斯和雅科夫的帮助，依艾柯也无法实现这个伟大的计划。他的孙子电脑技术掌握得更好，可以利用电脑搜索世界各地的电话簿。由于因特网能够消灭距离差距，可以联系到任何地方的人，依艾柯向姓贝哈（以及源自贝哈）的人成功地发出4500封邀请函。这些贝哈人都是散布在全球各地的赛法迪犹太人。

当然，我的父亲和我一样，也收到了同样的邀请函，但是他没

---

① 约322公里。

有兴趣参加这次峰会。"去西班牙见依艾柯和他的家人,"他咯咯地笑道,"我想到时只有你和他的儿孙。"碰巧,我被邀请去伦敦参加一次会议,做一次主题发言,这次会议恰好就在贝哈峰会之后召开。我那些善良的英国主办人同意报销稍高的飞机票,这样我就可以在西班牙中途停留。我知道了去贝亚尔市的旅程是免费的礼物,我想我又不会失去什么。即使我不做任何事情,仅仅和依艾柯以及他的儿孙们一起闲聊,一边看着日落,一边喝着雪莉酒,一边思考我们共有姓氏的故事,这又会糟糕到哪里呢?

但是随着日期的临近,我突然想起,不管有多少姓贝哈的人飞抵贝亚尔市,这件事都值得记载。我最近刚制作完成《再见,吾爱》(*Adio Kerida*),一部关于古巴赛法迪犹太人的纪录片。作为我的第一部电影,我已经做得不错了。这部电影参加了世界各地的电影节,获得了"纽约女性制作电影"(Women Make Movies in NewYork)的发行,这是一家很有名气的非营利机构。但是我还是发誓不再制作纪录片,至少暂时不会。我已经明白,纪录片制作是一项耗时赔钱的工作,既令人激动也使人沮丧,作为电影制作人,你要到处疯狂地寻找那些在镜头面前显得诚实的、迷人的、专心的、说话简洁的、魅力非凡的人。找到这些人并喜欢上他们之后,你必须在编辑室里数百次地观看、倾听他们,然后又必须进行适当剪辑,把你需要表达的东西嵌入到 60 分钟到 90 分钟长的时间里。我告诉自己不要再做了,这个过程太让人身心疲惫了:有时,被采访者停下来,因为他们说不出你希望他们说的真正有意义的话;有时,更糟糕的是,虽然他们说出一些精彩感人的话,但是故事里已没有足够的空间。在编辑室看到一些好的素材"寿终正寝"，我真的想哭。不再做纪录片。反正暂时不做。

但是我仍然可以说服自己，做一个关于贝哈世界峰会的纪录短片应该相对轻松。毕竟，这次峰会只持续四天。我给佩波发了一封电子邮件告诉他我将在西班牙参加这次峰会，他是一位 28 岁的电影制作人，住在马德里。就在两年前，佩波通过互联网找到我，而且我们重建的联系已经发展成坚固的友谊。我在德尔蒙特圣玛利亚村的时候就认识他，他那时还是个孩子。他的奶奶和母亲都不在村里住，但是她们在夏天回到村里维护她们古老的农舍。后来我去圣玛利亚村时，她们对我、大卫和加布里埃尔都很热情。原来，佩波一直观看我在村里做的研究，看我把村民讲述的故事记在本子上，还拿出我的照相机去抓拍村民们的日常生活。我得知，佩波对摄影和电影的兴趣是从观看我这个外国人做田野调查开始的，我装备了各种各样的笔记本和照相机。当我发邮件告诉佩波关于贝哈世界峰会的事情时，我说我希望拍摄一些视频。他立即志愿来贝亚尔做我的摄像师。我把请佩波来贝亚尔摄影的计划告诉了依艾柯，他对把这次峰会做成一部纪录片的可能性充满热情。从依艾柯的反应来看，我以为只有佩波和我是参加贝亚尔峰会的纪录片制作人。

在去西班牙的路上，我猜想我们的聚会是不是会像阿兰·柏林纳在 2001 年所制作的纪录片《最甜美的声音》一样。在这部纪录片里，他从世界各地召集了其他 12 位阿兰·柏林纳在他纽约市的公寓共进晚餐，来回答这个问题：有没有比我更好的阿兰·柏林纳？柏林纳还前去参加了吉姆史密斯学会会议和全国琳达大会，就是为了搞清楚拥有独一无二的身份在我们这个匿名世界里有什么意义。但是我感觉我们的峰会将有所不同。我们这些贝哈们、贝雅尔们、维加尔们、贝雅拉诺们和贝查拉诺们好像在追逐一种幻觉：不仅仅是为了发现我们对拥有共同的姓氏有何感受，而且是为了寻找我们在已经不存在的赛法拉底失去的家园。

在马德里巴拉哈斯机场，依艾柯告诉我在"**朋友**"咨询台见面。我有点担心，这些模糊的指示能不能引导我找到依艾柯和其他贝哈人，但是当我走到中央走廊的时候，我知道我已经发现了我的同类。在堆着一大堆行李箱的行李车上插着一条横幅："贝哈峰会"。我微笑着向他们招手。我立即被照相机的闪光灯包围起来，依艾柯的两个孙子雅科夫和莫里斯正在拍摄我到达的情景。好像这还不够，依艾柯的儿子，马里奥，用他的数码相机抓拍我问候他父亲时的照片。很明显，这个贝哈父子组合准备记录这次峰会召开的全过程，而我们还没有到达贝亚尔呢。

已经被召集到贝哈峰会横幅下的是来自加拿大的一对父子，雅科夫和罗恩·贝哈，他儿子还在上医学院；还有四位单独来的男士，年龄从中年到老年不等：来自亚利桑那州的克雷格·贝哈，来自华盛顿的退休律师鲍勃·贝哈，来自加利福尼亚州的植物学家埃兹拉·贝雅，以及来自以色列的马克·贝雅拉诺。我开始担心我将是贝哈妇女的唯一代表，但是当一位退休的上校耶胡达·贝哈带着他的妻子安娜特从以色列过来、尤金妮亚·贝哈带着她正在学厨师的侄女玛依拉·贝哈从墨西哥到来的时候，我就松了一大口气。埃兹拉·贝哈原来在墨西哥，于是他和尤金妮亚·贝哈立即聊开了，而且他俩很快发现他是她长期失联的侄儿。他们之间的联系已经中断了几十年，因为他的父亲娶了一位非犹太墨西哥女人之后，他们就搬到了加利福尼亚。埃兹拉紧紧地拥抱着尤金妮亚，像个男孩似的。而且在整个峰会期间，他的目光一直没有离开过尤金妮亚。正如马里奥后来所述，这次离散亲人的团聚是"峰会工作的第一件成果"。

在我们站着交流彼此的故事的时候，依艾柯说："你们可以用同样的价格买一个座位。"这是我第一次感受到他令人啼笑皆非的幽默。依艾柯是一位退休的电气工程师，看起来比他 75 岁的年纪还年轻些。他长得很像我所想象的在过去时代的一位犹太保加利亚社会主义者：他个子不高，精神矍铄，脸颊红润发光，鬓角的白头发有些卷曲，头顶已经光秃；他穿着咔叽布裤子和一件米色衬衫，袖子随便卷至肘部，好像准备为人民的利益而执行任何需要的任务一样。果然，当他看了一下手腕上的那只大手表，知道我们在赶时间，他就大声喊道："快点！"没有费多大力气，他双手提起两个大行李箱，肩上挂着不可能再多的小包，冲进了中午的阳光下去寻找他为我们去贝亚尔预订的旅游巴士。

一坐上巴士，包括依艾柯本人在内，许多贝哈人都赶紧睡觉，因为他们在旅途中没睡上觉。马里奥、莫里斯和雅科夫都没有睡觉，他们不辞辛苦地拍摄了全部三个小时的行程。这次旅行，每个人都绝对带了至少一台照相机。当我们在阿维拉停下拍我们的第一张集体照时，每位贝哈都想要他或她自己的照片拷贝。因此我们总共动用了 15 台数码相机。当贝亚尔市的路牌开始在高速公路边上闪现时，我们都挤到巴士前部去抓拍那个地名的最好照片，在这里我们已经确定可以找到自己的一部分。

我们终于到了，不是贝亚尔，而是一家酒店，这是所有现代游客离家之后的出发点。根据酒店的大小、舒适度和会议室的多少，依艾柯已经选择了丘比诺酒店作为这次峰会的总部，这家酒店位于贝亚尔郊区的一座俯瞰全城的山顶。从来没有哪一件事比这次登记入住酒店还热闹。一个接着一个，我们都签了同样的姓氏。酒店经理乔斯·蒙塔古特特别敏捷利索，始终面带笑容，对我来说，他将成为我们这次聚会的最具洞察力的评论员之一。他很快融入了我们贝哈人的联欢节，而且还开玩笑说，在以后几天，通过广播系统寻找一个姓贝哈的人将非常困难。

听从依艾柯的召唤，总共有 62 位贝哈人以及他们的家人先后在丘比诺酒店汇聚，人们来自美国、加拿大，智利、墨西哥、法国、保加利亚、以色列等地。开幕招待会在室外的庭院里举行，我们各自操着不同的语言：英语、希伯来语、西班牙语、法语、保加利亚语，还有我们最爱的拉迪诺语。我们这些流散人的所有语言在空中乱飞，彼此碰撞在一起。夏末的太阳在空中留恋不去，随后夜幕悄然降临。

佩波来得很及时，他带来一台从一位朋友那里借来的专业摄像机。见到他我十分高兴，但还没来得及感谢他的慷慨和善良，他就急于开工。我告诉他，我开始怀疑费力制作关于这次峰会的一部纪录片是否值得。我自问，我为什么这么幼稚地认为我是唯一一位想制作峰会纪录片的人？另外两位贝哈人，来自巴黎的卡洛琳和来自洛杉矶的安德鲁，也带着同样的计划，而且他们看起来带着更好的装备完成他们的计划。卡洛琳是一位制片人，她带着一班专业摄影录音人员，由她在西班牙招聘的五个人组成。她准备在她制作的关于宗教法庭历史的系列纪录片中使用这次峰会的一个片段。她脖子上总是系着飘动的漂亮丝巾，一身最时髦的巴黎人打扮。她肯定能给这次聚会制作出一部专业高雅的纪录片。身材高大健壮、潇洒漂亮的安德鲁说他以前的影片曾在圣丹斯电影节上放映。很明显，他有百倍的信心，也有门路，完成一部引人关注的纪录片。安德鲁有绝妙的幽默感，我想他能把我们的峰会变成一部特别有趣的喜剧。

所以我告诉佩波，我们无事可做，只有认输了。即使抛开这两位专业技术比我高的制片人不说，还有马里奥—莫里斯—雅科夫组合，他们兴高采烈地决定记录一切。最后，没有一个贝哈人来时不带着照相机。在贝亚尔市举行的贝哈人聚会既是人种学家的梦想又是他们的噩梦。有些贝哈人，例如来自华盛顿的鲍勃，带来了一些复杂的亲属关系图，追溯到前面几代人。我在人类学专业攻读研究生时就应该学会制作这种亲属关系图，但是，我必须承认，我没有学会，因为亲属关系课令我胆怯，所以我没有上这门课。许多贝哈人都阅读过很多关于西班牙犹太人历史的书。每个人都是专家，每个人都是人种学家，但是没有人确定，如果我们真的找到证明我们源自贝亚尔的证据，我们该怎么办。

也许，我想，我所能做的最有创意的事情就是不做任何记录，不制作任何文件，而是把我感受的交给我的记忆和想象。但是当我把这些想法和佩波分享时，他那么伤心地看着我，我不忍让他失望。

"我们想想看能做什么。"他欢快地说道。我就很喜欢他这种声音，而且也喜欢他妈妈的这种声音。他打开摄像机，于是我们就来到拥挤的庭院，所有贝哈人都在兴高采烈地交谈。

这是抓录各人在介绍自己时所使用的不同发音的最佳时机。贝哈（Béhar）可以读成"Be-hár"，字母 e 的发音很轻，但是我也听到有人读成"Beehar"和"Báyhar"。Béhar 的重音或者落在第一个音节或者落在第二个音节上。包括所有人在内，每个人读这个姓中的字母"h"时发出的气流好像比读西班牙字母"j"（例如，"José"）所发出的气流强，尽管单独的字母"h"在现代西班牙语中总是不发音。我们的祖先使用希伯来字母拼写他们的名字，又用希伯来字母书写犹太西班牙语或拉迪诺语。他们被从西班牙驱逐出去之后很久，直到 20 世纪初，一些国家如土耳其，才开始使用拉丁字母，就像这些字母在他们曾居住的地方被使用一样。这就是为什么所有出席峰会的贝哈人在拼写他们的名字时用字母"h"而不用字母"j"的原因。安德鲁·贝哈放下摄像机解释说，为了使我们的姓的发音更流畅，他故意省去了字母"j"的发音，这样别人在第一次听到这个姓时就不至于感到困惑。"我告诉人们我的姓是'Bear'。他们就问我：'Bear?'我告诉他们，'是的，像大灰熊的 Bear，但是中间有一个字母 h。''哦，好的。'就这样。很简单。搞定。"

和这么多世界各地同姓的人聚会的兴奋并未能说清我们所有人到底在贝亚尔做什么。没有人明确地知道我们的确切任务。我们所有人都是受到自恋的诱惑么？就是因为我们同姓，我们才从世界各地来到西班牙，看一座依偎在葡萄牙附近的被雪覆盖的山脉旁的西班牙城市，这有何真正的意义呢？我们想在现代的西班牙找到什么？西班牙500年前已经驱逐了我们的祖先，因为他们选择坚持他们的犹太身份而不是按照宗教裁判所的命令改信天主教。我们是在寻找遗产，还是处在愤怒的政治之行的第一阶段，来讨回我们的土地和骡子？

我拉到旁边采访的第一个人是一位充满活力的年轻人，我想听听他对这些问题的看法。他休闲地穿着一件短裤、一双运动鞋和一件T恤衫。他的姓名和我父亲的姓名完全相同，都是阿尔伯特·贝哈。阿尔伯特是牛津大学经济学专业的学生，在以色列出生，在南非长大。他的西班牙语说得很好，他的妈妈玛尔塔来自阿根廷，而他的父亲莱昂·贝哈来自哥伦比亚。玛尔塔和莱昂仍然在南非生活，但陪着阿尔伯特来参加了这次峰会。当佩波打开摄像机的时候，阿尔伯特选择说带南美口音的英语："通常人们问我的名字来自何方。但愿这次会议或峰会之后——不管我们怎么称呼它，我就可以得到答案了。如果你回溯足够长时间，在希伯来语中，贝哈就是'大山'的意思。我就经常对人们这样说。他们却告诉我，'不，那是一个错误的故事，你需要告诉人们它来自西班牙，它来自宗教裁判所，我们离开了西班牙。'所以，这是我现在采用的故事。"阿尔伯特转身指着他身后被雪覆盖的大山，补充道："但愿我可以找到关于这个地方的一些趣事，很明显我们都来自此地。"

阿尔伯特把这次峰会当作在贝亚尔市寻找我们名字起源的适当说法的机会，而其他参会人来到西班牙是想找到更具体的东西——他们希望找到那些房屋、街道，或者至少找到他们祖先居住过的街区，如果找不到任何东西，他们或者可以站在他们祖先以前站过的地方，或者成为历史的见证人。对来自巴黎的克劳迪娅·贝哈来说，来到贝亚尔市就是为了找回一种尊严。她的父母是在埃及的赛法迪犹太人，在感觉没有祖国的时候，他们历尽艰难地维持西班牙人的形象，而不至于失去赛法迪犹太人身份。

来自加利福尼亚的电影制作人安德鲁·贝哈和他堂弟理查德·贝哈一起来参会。理查德是纽约市一位新闻调查记者，他计划帮助安德鲁制作纪录片。理查德比安德鲁高，身材瘦长，英俊潇洒，充满深情，由于多年的写作有些驼背。他像一位兄长一样拍着我的肩膀说，他外出旅行不在家的时候，我可以住在他格林尼治村的房子里。在准备开幕晚宴的时候，我们走进酒店餐厅的一个安静角落，餐桌上倒立着各种瓷器、银器和葡萄酒杯。

佩波打开了摄像机，然后，安德鲁也开始说："当我收到传真的时候，我以为又是来要钱的。你知道——像'买家族纹章'那种传真。"

"是的，家谱垃圾邮件。"理查德回应道。

"但是它就待在我脑子里了，"安德鲁继续道，"几个月后，我又看了一下传真，我才知道他们不是为了赚钱，因为没有任何机票价格以及所有其他旅游事项。"

安德鲁把传真转发给了理查德，理查德把它弄丢了，最后安德鲁把他的复印件也弄丢了。到八月底之前，他们俩已决定前去贝亚尔，但是正如理查德所说："我们上网搜索，在任何地方都没有找到这次峰会，于是我们认为这次峰会不可能是真的，因为如果它是真的，为什么你不可以通过谷歌搜索到一个网站？"

理查德在网上找到了我，发给我一封邮件问我是否参加，而我告诉他据我所知证实这次会议是"真的"，而且我打算去。我又帮他和依艾柯联系上。

安德鲁和理查德都模糊地记得他们来自安卡拉的土耳其祖父母。他们在美国长大，直到十几岁才遇见彼此。他们开玩笑说，如果他们在这次贝哈人世界峰会上遇到任何长期失联的亲戚，他们也不知道将怎么办。应付他们现有的亲戚已经足够让他们头痛了，更不要说把所有人聚集起来过感恩节了。理查德认为所有参加这次峰会的人都应该留下一杯血，以便检测他们的 DNA 并将"彼此联系起来"。正如他说："靠破译来自安卡拉的那些没有人能够读懂的卷起的黄色纸页，我们将永远不会发现我们之间是否有亲缘关系。"安德鲁重提了他的话题："我相信，在贝亚尔到处都有血液 DNA 检测专家！"他开玩笑地说："也许检测结果将显示我们之间甚至没有任何关系！"

尽管他们都对我们的聚会感到困惑，但是在来参加峰会之前，这俩堂兄弟不但研读了西班牙犹太人的历史，而且还在马德里的档案馆里费了不少功夫。"我们做过一些调查——犹太人什么时候来到西班牙，赛法迪犹太人是谁，这次种族屠杀发生在什么时候，那次种族屠杀发生在什么时候。"安德鲁指出："我们在贝亚尔是因为一个国王说过，'我们不要把他们全部铲除。我们需要一些商业，一些律师，一些医生。'他在这里给他们建立了避难所，直到他的孙女伊莎贝拉通过驱逐和宗教法庭把避难所关闭。我们知道我们的亲戚都住在这个市里。"

我后来经过核实，发现安德鲁关于贝亚尔的说法是对的。贝亚尔曾是犹太人在西班牙的最后一个避难所，因为从那个暴力的世纪开始一直到1492年，犹太人被赶出了卡斯蒂尔和安达卢西亚地区较大的城镇。他以及我们所有贝哈人是否有来自贝亚尔的祖先更加难以确定，尽管他对此深信不疑。安德鲁对失去西班牙感到非常气愤，他给驱逐事件生动地勾勒出一幅个人化的景象：骑马带剑的士兵来到这里，杀死了他的一半祖先，并命令幸存的一半滚出这个国家。他指着窗外喊道："我感觉我祖父的父亲的父亲的父亲就住在那栋房子里。那栋房子，就在那里。"他越来越激动了，赛法迪犹太人应该得到补偿，至少是西班牙国籍，以弥补他们祖先所遭受的痛苦。

但是，那些见证并欢迎我们回到西班牙的当地官员既没有提到任何补偿也没有提到国籍的事。贝亚尔市市长阿莱霍·雷诺内斯·里克身材矮小健壮，吃苦耐劳，如果在以前，他可能会是个挥舞镰刀割麦子的农民。他宣称他非常高兴我们能够"回来"，而且参加了我们在酒店第一晚举行的开幕晚宴。晚宴上的是整鱼，因为酒店经理乔斯·蒙塔古特被告知犹太人既不吃猪肉也不吃动过刀的鱼。乔斯不但对我们犹太人的饮食禁忌感到迷惑，而且对我们不远万里来参加这次峰会也感到不解。"从南美洲万里迢迢来到我们贝亚尔！"他惊讶地说，"就是因为这里有一个同姓人聚会？"他说万里迢迢地来参加这样的聚会真是不可思议。"也许，我应该也尝试召集一次和我同姓人的聚会。"他笑道，但是他明显认为这个想法有些荒唐。不但这次峰会令他难以想象，而且想到我们的流动性这么大，想到我们连眼都不眨一下就登上飞机来到这么远的地方，也刺激到了他的"根基感"。在他的生活中，他只在贝亚尔和巴塞罗那两极之间流动，这是两个完全不同的地方，但是都在一个国家。他还谈到了促进贝亚尔旅游业发展的必要性，并且说如果全球各地的贝哈人想来参观贝亚尔市，他非常乐意为他们效劳。

　　第二天上午，我们都被邀请到了市政厅，市长又欢迎我们一次，这一次是在国王胡安·卡洛斯和女王索菲娅的巨幅微笑彩色照片前面。他说到我们如何自豪地把这个城市的名字传遍全世界，这样，我们这一群赛法迪犹太人就成了贝亚尔市的形象大使。令人感到奇怪的是，在贝亚尔市，没有任何姓贝雅尔或贝哈的人。在所有例子中，这个名字已经成为流散犹太人从父名衍生出的名字。在西班牙语中市里的居民被称为"贝亚拉诺"，很像在英语中，我们称呼来自纽约的人为"纽约客"一样，但是这不是一个姓。贝哈这个姓把我们和这个叫贝亚尔的地方紧密相连。所以，市长从这个角度上欢迎我们来到这个我们"本来不应该永远离开"的地方。他宣称今天是具有历史意义的一天，因为我们返回贝亚尔"走在我们的祖先在许多世纪之前就走过的街道上"。市长一完成演说，我们都鱼贯而出来到广场，站在主教堂前面。第二天的当地报纸就刊登了这篇报道，并附上一组照片。

　　原来，我们峰会的日期定在九月初就是为了与贝亚尔市的犹太人博物馆开馆日期保持一致。博物馆的建设本应由市政府和地区委员会资助，但是他们缺少资金。为了完成这个项目，他们向大卫·梅尔乌尔求助，他是一位在巴塞罗那源自摩洛哥的犹太人，愿意捐赠大部分资金。梅尔乌尔在 20 世纪 40 年代曾在贝亚尔学过工程，他觉得他与这个城市有不可分割的关系。那时贝亚尔是一个繁荣的纺织业中心，郊区几十家工厂分布在河的两岸。梅尔乌尔的父亲做纺织业生意，与贝亚尔市有很多联系。年轻的时候，梅尔乌尔就在这里很受欢迎。他很乐意有机会帮助建成这座博物馆，并且博物馆会用他的名字命名。

市政府的活动结束之后，我们一行人沿着旧城的边缘漫步，旧城紧靠城堡石墙，新博物馆就在这里建成。据说，这里就是安置犹太人的地方，我以前来贝亚尔时就找过这个地方。还有许多当地的居民挤进了入口处的小广场，看着一张门柱圣卷装在博物馆的入口。梅尔乌尔用希伯来语诵读了一段祝福，所有聚集过来的贝哈人，还有一些市民，都重复着他的话。这是在峰会期间所举行的唯一带有宗教性质的仪式，因为我们没有人特别严守教规。然后，梅尔乌尔和其他政要都走进博物馆，而没有觉察到，当他们转身的时候，门柱圣卷从潮湿的水泥墙上跌落到地上，摔成两半。我担心这可能是不好的兆头，但是来自以色列的大卫·贝哈安慰我说，这就像在犹太人婚礼上摔碎镜子一样，据说是为了纪念耶路撒冷神殿的坍塌，也是犹太人用现在的欢乐平衡过去的悲伤的一种惯例做法。

在我们所有人都进入博物馆之后，市长和梅尔乌尔就一起揭开一块被西班牙国旗覆盖的匾额。匾额上写着这座博物馆的落成"在犹太人的见证下进行，这些犹太人是被迫于 1491 年离开的那些犹太人的后裔，他们的姓标志着他们和这个与他们分离 500 年的城市的联系，而他们现在已在此地团聚"。博物馆的建筑师是乔斯·路易斯·罗德里格斯·安图内斯，他穿着一身时髦的米色西服，显得劲头十足。他解释说博物馆的设计受特拉维夫的流散博物馆的启发，他在设计的时候就参观过这个博物馆。他告诉我们，贝亚尔的犹太人博物馆共有三层，第三层还是空的，等着用我们的记忆和我们的流散故事去填补。博物馆的主层有一个装有玻璃地板的房间，也是参观的起点。这个房间还没有建好。建筑师解释道，他计划让参观者先进入这个黑暗的房间，听费迪南和伊莎贝拉高声朗读《驱逐令》的声音，好像他们就是 1492 年在西班牙的犹太人。通过适当的声音效果和玻璃地板上呈现出的深坑，参观者们将感到脚下的地面在晃动，而他们自己必须做出选择，是留下来改信天主教，还是离开西班牙四处流浪。他希望博物馆的参观者们设身处地想一想 500 年前那些必须做出决定的人的处境，然后决定他们将怎么做。那些决定留下来的参观者将继续穿过博物馆，了解贝亚尔在驱逐犹太人之后的历史；那些选择离开的人将跳过这段历史，直接到达顶层，到达那个还空着的房间，它等待装载流散赛法迪犹太人的故事。

作为一名建筑师，安图内斯为博物馆的设计煞费苦心。很明显，这座博物馆最后将成为西班牙学生的一个重要学习中心，他预想着学生成群结队地前来参观。但是实现这项计划还需要一段时间。博物馆开馆时间已经提前，这样才能和我们的峰会日期相一致。它基本上还是一个空壳，里面有一张西班牙地图，上面标明犹太人以前住过的区域；还有一件在贝亚尔发现的犹太人墓碑的复制品，原件早在多年以前就被送到了托莱多保管。在演说中，安图内斯说博物馆正等着我们的贡献——心灵和智力方面的，但是一阵劝说之后，他又略显尴尬地补充道，博物馆也急需我们的资助。

理查德·贝哈曾开玩笑地对我说："在峰会结束之前，我们的主人将想方设法让我们掏腰包。"正如他预测的那样，在博物馆开馆仪式之后的午餐会上，博物馆的新任馆长就宣布了一套价格档次，根据资助金额多少，捐资人可以在博物馆新的赞助等级中占据不同的位置。

当天晚上贝亚尔市还招待我们看了一场晚会，节目有赛法迪音乐表演，由当地儿童表演的中东舞蹈，还有一位男演员和一位女演员朗诵的《驱逐令》。500 年前，国王费迪南和王后伊莎贝拉颁布的法令，用严厉的措辞警告犹太人"要么在西班牙苟活，要么冒着必死的危险"。不知何故，500 年后，这已经成为一种娱乐演出。我想知道，西班牙人是不是把这项法令当作我们赛法迪犹太人传统的一部分，如同我们的音乐和舞蹈一样。在 1992 年，国王胡安·卡洛斯曾头戴一顶无檐便帽，在马德里的巴尔梅斯路的犹太会堂为这项法令道歉，请求"原谅"500 年前的那些"残酷不公"的事件。但是在晚会节目结束之后，我们不可能不发现我们仍然深处一个天主教氛围浓厚的国家。当我们走进凉爽夜晚的时候，中心广场上一个乐队举行了现场演出，还有烟花表演，因为我们的峰会也碰巧遇上了每年一度的卡斯塔娜圣女节。我在多年以前从贝亚尔市带回一个钥匙扣，上面就刻着这位圣女的图像。

西班牙正处在一个十字路口，到处都是来自拉丁美洲、非洲和东欧的移民，本地西班牙人对他们的态度十分矛盾。看起来，在贝亚尔市新建的犹太人博物馆、贝亚尔市市长对我们峰会的额外关注、晚上为我们精心准备的赛法迪娱乐活动，这一切都是为了证明，在佛朗哥去世之后，人们对犹太人和穆斯林记忆的追寻正在如火如荼地进行。但是，官方和旅行者感兴趣的是如何与活着的赛法迪犹太人建立联系，所以我一直怀疑这是否对西班牙人的日常生活产生影响。

从摄像机的后面，佩波自己迫不及待地问贝亚尔市的人们他们是否认识任何犹太人，贝亚尔市有没有犹太人居住。人们一次又一次地说没有，他们不认识任何犹太人，他们当然不认识任何住在贝亚尔市的犹太人。当佩波向一群老年人提出他的问题时，其中一位老人傲慢地宣称他不认识任何犹太人，但是他确定世界上有很多犹太人，因为，他这样说的，那里的犹太人比这里的好人还要多。佩波对西班牙同胞这种未经分析的反犹主义回答大吃一惊。他接着问另一位老年人，老年人回答说，虽然他不认识任何犹太人，但是他确定他有"一点犹太血统"，因为犹太人在西班牙生活了那么长时间。佩波才略感安慰。

从我们到达贝亚尔市那一刻起，巴士司机和其他感觉没有必要吸引我们注意力的当地人就让我们知道市里的纺织工业处境艰难。贝亚尔市的大部分纺织厂已经关闭。只有少数几家还在运转，生产国王和王后继续穿的著名的西班牙羊毛披风。年轻人被迫搬到了马德里和其他城市，在整个西班牙都可以看到同样的迁徙潮。在夏季，狂欢节期间，贝亚尔市充满生气，但是在冬季，人们反复地告诉我，晚上八点以后你在街上连一个鬼影都看不到。

为了应对经济下滑和人口下降双重危机，贝亚尔市的官员好像把犹太文化旅游当作他们解决问题的方法之一。他们也在一家废弃的磨坊上建造了一家纺织博物馆，而且扩大了滑雪胜地。如果看看过去几年间"犹太西班牙"旅游套餐的增长，你就可以发现，人们对犹太旅游的兴趣不断增长，他们来到西班牙旅游是为了寻找他们的赛法迪之根，西班牙政府大体上希望抓到这个赚钱的机会。但这并不和波兰的犹太文化旅游完全相似。在波兰，游客参观华沙犹太社区和死亡集中营，批评者用"大屠杀商业"这种令人痛苦的字眼称呼它。但是在西班牙肯定产生了赛法迪犹太人旅游热，它是一种"驱逐商业"，是从托莱多到考尔多巴正常旅游带的延伸，正如我们在贝亚尔市所举行的峰会所展示的这种旅游。

虽然它还没有出现，但是总有一天贝亚尔市将成为犹太旅游的重镇，就像已经在相邻的艾尔瓦斯市所出现的旅游热一样。正如依艾柯在他原来的传真中对我们承诺的那样，我们贝哈人也组团参观了艾尔瓦斯市。但很不幸的是，艾尔瓦斯市已被迪士尼化了，拥有一家所谓的犹太人酒店，希伯来语指示路牌是才安装的，广场上蚀刻着一颗由灰色卵石构成的大卫星，一直通向古老的犹太人区。我问自己，哪个更糟糕：去直面犹太人的历史痕迹在西班牙景观中消失，还是强制使用一些虚假的犹太记忆标志，就像艾尔瓦斯市所做的那样？

在我们峰会结束的前一天，一位墨西哥犹太宗谱学家，亚历山卓·鲁宾斯坦应邀给我们做了一个演讲，对我们姓氏的来源提供了不少洞见。因为在室内待得时间太长，他的皮肤有些苍白，他的金丝边眼镜让他看起来特别勤奋好学。在他给我们做正式演讲之前，我有机会和鲁宾斯坦进行了短暂的交谈，他告诉我他担心他的听众将会为他打算讲的东西感到不高兴。他必须讲的要点是我们大部分人，即使不是所有人，在贝亚尔市并不能找到自己的根。即使少数贝哈人的名字起源于贝亚尔市这个说法，也值得怀疑。他确定，我们大部分人用这个姓氏是因为它的希伯来语含义。在希伯来语中，贝哈（Behar）或者写成贝克（bechor），意思是"长子"；或者写成巴卡（bachar），意思是"上帝的选民"。他解释说，那些被驱逐出西班牙的犹太人所引以为荣的是他们能在逆境中守住自己的犹太人身份，并且认为他们被上帝选中去把他们的传统传播到世界其他地方。我们许多人姓贝哈是因为我们的祖先认为他们自己是这样被选中的。

鲁宾斯坦不但把他制作的详细的幻灯片演示给我们全体看，而且他号召所有在场的贝哈人都应该感到光荣，因为我们的祖先选择他们姓氏的时候是出于他们对自己的身份、信仰和历史的热爱。他坚持认为，这比知道我们的祖先是否来自贝亚尔市重要得多。他还进一步断言，并非我们所有人都有来自西班牙的祖先。房间里的所有贝哈人都提出异议说我们当然都来自西班牙——难道我们的祖先不说拉迪诺语？鲁宾斯坦回答道，在 19 世纪，有一些从东欧迁到土耳其的阿什肯纳兹犹太人也传承了赛法迪犹太人的习俗，但是他们不是真正的西班牙后裔。

这位宗谱学家扫了大家的兴致，我们贝哈人正全力与西班牙官员合作共创我们想象中的故乡，可是他给我们泼了一盆冷水。我们能相信他吗？他不但不是一个贝哈人，而且连赛法迪犹太人也不是。我们从世界各地来到这里就是为了在这个与我们同姓的城市里找到我们的根，而他却劝我们回家告诉大家我们长途跋涉的结果是一场空。不但贝亚尔可能无可争议地不是我们的，甚至西班牙可能也不再是我们所痛失、所渴望的国家。

我担心我们贝哈人世界峰会的欢乐气氛将消散不见。这位宗谱学家在演讲结尾还引用了 70 条证据支撑他的观点，他所提供的专家意见将使大家感到失望。但是我发现，我此次贝亚尔之行的伙伴们都有很强的适应能力，他们拒绝屈服于鲁宾斯坦的学究主张。他们承认他的专业知识，但是他们不相信他一定是对的。

在贝亚尔市的最后一晚，我们把摄像机对准了来参会的年轻贝哈人，我以为他们更易于受这位宗谱学家学术权威主张的影响。来自加拿大的医科学生罗恩·贝哈认可宗谱学家所展示的 70 条引证，但是他认为所有的引证都可能是错误的。罗恩看穿了学识的面具，而且指出基本上所有的学识都是不完整的，从来不是全部事实。他说，质疑一切、不满足于某一个答案而为事物寻找各种矛盾的解释，这看起来多么像犹太人和犹太法典的风格。他总结说，我们认为我们来自贝亚尔，所以我们来到贝亚尔，我们现在为什么要改变主意，只是因为这位宗谱学家提出了一个相反的观点吗？500 年过后，很难果断地证明一种理论或另一种理论是对还是错。所以他认为你最终还是要听从"你内心的声音"。在他的心里，贝亚尔和西班牙不但属于他，而且他也不打算放它们走。即使他不会说西班牙语或者拉迪诺语，在他看来，他出身于西班牙血统却是实实在在的事实。

依艾柯的孙子莫里斯·贝哈长着一双忧郁的黑眼睛，他同意罗恩的说法。"对我来说，我的家人是否在四五百年前出生于此并不重要。如果他们在这里出生，很好，我跟这里有了联系，但是我已经与我们的姓氏有了一种联系。你不能这样生活，如果有人告诉你什么事情，你就不断地问你自己：'他告诉我的是真话还是谎言？'有时，你就得去相信。"

所有贝哈人好像都赞同罗恩和莫里斯的观点。他们不打算接受贝亚尔到头来与我们无关的观点。

那天深夜，我找到大卫·贝哈聊天得知，当他还是个孩子的时候，他的保加利亚家人重新在以色列定居。现在他在电信公司工作，看起来有些见多识广的样子。他也是失眠患者，他更喜欢聊天而不是睡觉。他勉强承认他不得不同意鲁宾斯坦的意见，我们在贝亚尔市找到很少证据证明贝亚尔与我们直接相关——犹太博物馆和这个城市的名字并不能说明什么，我们所看到的一切都是现代的东西，没有任何把我们和过去的历史紧密相连的东西。不管如何，他压低了声音说，只有我俩知道这个秘密，我们应该回到我们在世界各地的家，满怀信心地宣布我们在贝亚尔找到了我们的根。

我忐忑地问："那你想让我们说谎吗？"

他顽皮地眨了眨眼睛，回答道："喔,谁知道呢？也许它是事实。"

天快亮了。几个小时后我们都将离去。但是我们贝哈人都能够保持内心平和。我们自己都深信，我们大体上来自贝亚尔市。现在我们可以轻松上路，任凭自己被风吹回我们分散的目的地，就像枯叶被九月的风从树上吹落一样。

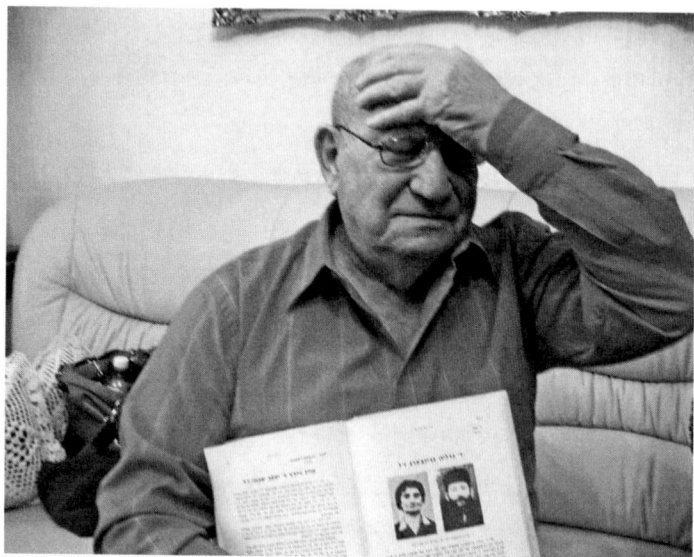

格林贝格先生拿着伊兹科尔书

———

波兰

2006 年，露丝 · 贝哈拍摄

在波兰不期而遇的幸福

在 2000 年巴巴 92 岁去世的时候，我想要的遗产只是她的几本书：我无法阅读的几位作家如沙勒姆·亚拉克姆、艾萨克·巴什维斯·辛格以及其他几位伟大的意第绪语作家的书，我从来没有读过的丹尼尔·斯蒂尔的小说。这些东西我的亲戚们也不介意，其他人也不想要这些书。在那时，我还抢到了那本书，我外曾祖父在古巴定居以后手写的关于他青年时代在波兰的回忆录。我十分疯狂地想保存那书。令我感到惊喜的是，我还得到了一本具有魔法成分的书——《戈沃罗沃回忆录》。巴巴只给我看过几次，书中记录了她的波兰故乡的故事。戈沃罗沃就位于华沙以北，靠近特雷布林卡。

在巴巴去世之后，我几乎把《戈沃罗沃回忆录》这本书忘记了。它就待在我家里一个特制的书柜里，这个书柜装有彩色玻璃门，专门用于存放我的一些最珍贵的书。2006 年 12 月，我在准备去波兰的第一次旅行的时候，才记起我有这本书。我用一把小钥匙打开书柜，拿出这本书，一页一页地翻看。除了用英语写的一张戈沃罗沃地图和简短的介绍之外，整本书都是用意第绪语写的。书里还有一些生活在这个镇子上的犹太人的照片，有的丧命于集中营，有的在该书于1966年出版以前已经在以色列、美国和加拿大找到了新家。翻开几张光滑的书页，这几页纸的边缘被我外婆反复折叠了几次，我找到了我外曾祖父亚伯拉罕·莱文的照片。我得知，他曾积极地参与这本书的创作。

波兰从来没有引起我的兴趣，主要原因是巴巴一直说她不想返回那里。但是，有一天凌晨三点，正当大部分人像婴儿一样熟睡的时候，作为一个失眠症患者，我做了一个出人意料的决定，决定去波兰旅行。我邀请了我以前的一个学生艾瑞克·莱勒陪我同行，整个行程需要六天时间。我对波兰所了解到的一切都是她告诉我的。艾瑞克的博士论文是我指导的，她审慎地解读了波兰裔犹太人和天主教波兰人之间过去20年间发生的悲惨的、给人希望的、离奇的冲突，这场冲突是美国犹太人和以色列人的遗产流传到波兰的结果。在第二次世界大战之前，350万犹太人生活在波兰，把波兰变成了德系犹太人的一个重要文化中心。在经历了战争和残酷统治后的波兰，犹太人的数量只有几千人。颇具讽刺意味的是，那些已经丧生的犹太人的后裔不断返回波兰旅游，这已经开启了对犹太人历史的营销时代。艾瑞克论文中引起我注意的是那些低劣的犹太文物旅游商品的产生，其中有用哈西德派的白衬衫和黑外套打扮的木制"犹太玩偶"。

在我们出发前一晚，我给艾瑞克讲述了我外婆的书的故事。

"啊，太好了，你拥有戈沃罗沃的*伊兹科尔书*，"她说，"在波兰，犹太人生活过的数百个镇子都有伊兹科尔书。它们是非常宝贵的资料。"

伊兹科尔（Yizkor）的意思是"愿上帝记得"，而伊兹科尔仪式是为了纪念逝去的家人、邻居或先烈而举行的祷告会。我母亲教育我在犹太人的赎罪日举行伊兹科尔仪式时不要走进犹太教会堂，因为她总是听说只要你的父母还健在，参加伊兹科尔仪式将带来坏运气。回想那时，巴巴和赛德仍然健在，我母亲就在人们唱伊兹科尔祷告词开始之前把我拉走。现在，我向艾瑞克学到了伊兹科尔的一种新含义，这个含义与努力保存大屠杀遇难者的记忆的书有关。

"我要复印这张地图和英语介绍，"我说，"这本书太重了。我不想一直把它带到波兰。"

"带上吧，"艾瑞克怂恿道，"这本书里也许有些东西可以引导我们的旅行。"

直到最后一分钟，我已准备好把书留在家里，即使我毫不犹豫地把一双黑色的高跟长靴塞进行李箱。在艾瑞克的帮助下，我准备在华沙和克拉科夫做几场关于我对古巴犹太人研究的讲座。我想在这些公共场合下穿得更讲究一些，我无法克制这种虚荣。当我离开家的时候，我仍在斗争，告诉自己复印那几页用英语写的部分就足够满足我的需要。然后，我就转身抓起整本书。

两天后，我们的司机和向导瓦克洛，用他的大众面包车载我们去戈沃罗沃镇。瓦克洛身材高大，一头乌黑的卷发，一脸焦虑的表情，他对我们说："今天是你们的安息日，我们将去戈沃罗沃。"他从来没有去过那里，但是他已经带过很多犹太客人去过几十个相似的镇子。他自称是"犹太人的朋友"，而且还说，他的非犹太波兰朋友经常因他过于支持犹太人事业和以色列国而批评他。"我真的认为波兰因失去了犹太人而失去了很多，"他告诉我和艾瑞克，"波兰失去了有潜力的知识分子。这不仅仅是经济上的损失。犹太人对这个国家的贡献很大。"

当我们开进戈沃罗沃镇的时候，瓦克洛在写有戈沃罗沃字样的标志牌前停下车让我拍了一张照片。就在我们到达广场之前，我们经过了一座教堂，这是我外婆提到过的一座教堂，和那些现在被从景观上清除掉的木制小犹太会堂相比，这座教堂显得特别高大。在主广场上，我们转了一个弯儿，经过一座桥，希望能找到犹太人公墓的遗迹。镇上的一个男人模糊地指着一片田地说那里也许还有些东西，所以我们把车停好，四处寻找。我们所找到的只不过是一片刚刚犁过的黑土地，许多蘑菇已经在布满沼泽的路旁生长出来。

我们失望地返回主广场。我还是随身带了那本回忆录，我们翻到有地图的那一页来寻找我们的方位。广场上应该有一个为纪念在战争中被杀害的犹太人而建的纪念碑，但是它也消失了。取而代之的是一座巨大纪念碑，碑文是用波兰语写的，献给在德国占领时期牺牲的所有人。

有几个男人围坐在一张长椅上。"我想去问问他们，"我说，"也许他们可以帮助我们。"艾瑞克对我的请求感到有些忧虑，但是瓦克洛很想取悦我这位顾客，而且他也想满足自己的好奇心，他就走到其中一个男人身旁，询问他是否了解那些曾经在戈沃罗沃生活过的犹太人的事情。

"那是很久以前，"一个人说道，"在我出生之前。"他又加了一句，转身就走，好像被冒犯了一样。另一个人用极其蔑视的目光看着我们，"政府里有很多犹太人，去问他们。"然后他也径直走开。

但是，第三个男人，年龄较大一些，戴着一顶帽子，帽子没有盖住他额头上的全部皱纹，走上前来，热情地告诉我们发生在他童年的一件事：一天上午他错过弥撒，去河里游泳，弄湿全身衣服，去一个犹太人邻居家敲门，那家犹太人帮助他熨烫衣服，但是衣服烧焦了，他们又给他找了一身新衣服，他没要，害怕因没参加弥撒而挨父亲打。

在我们前面是一个巴士站，那里有几个看起来很"时髦"的人：一个拿着漂亮皮包的女人，一个穿着齐膝长的羊毛外套的年轻人。跟他们说什么呢？跟戈沃罗沃镇上的任何人说什么呢？我想给他们看那本回忆录，把那些与他们的先辈一起在这些街道上走过的犹太人的照片给他们看，但是我不敢。戈沃罗沃的犹太人已经作古，而且好像戈沃罗沃镇现在的居民也想让他们保持这样的状态。所剩下的只是：犹太人的鲜活存在只记录在我手中所拿的伊兹科尔书中。

我突然强烈地意识到，这是一次一无所获的旅行——大老远跑到这里，就是为了看一下我外婆不愿再看的故土。为了做一点有用的事情，我用相机拍下了广场、街道、房屋和桥。至少我现在认识了我外婆曾经梦想离开的地方。这一点就够了。即使瓦洛克后来因为向我们所提供的服务问我要了不少钱，还要了每千米行程的额外费用，我也对自己说能回来就是万幸了。

按计划安排，周一上午我应该去见安卡·格鲁宾斯卡。她是森特罗帕中心的主任。森特罗帕是华沙一家记录中东欧当代犹太人生活的机构。她问我为什么非要见她，我告诉她我在寻找那些侨居古巴的波兰裔犹太人的祖籍。我还告诉她我个人对戈沃罗沃的兴趣。

在出发之前几分钟，我查看了我的电子邮件。她在黎明时分发给我一封电子邮件，主题是"惊喜惊喜"。我打开邮件，发现一个附件：2004 年对一个名叫伊特扎克·格林贝格的人进行的一次采访。这是安卡在森特罗帕中心工作的一部分。格林贝格先生是一位来自戈沃罗沃的犹太人！他的记忆力惊人，大脑里装满了故事。他的妻子告诉安卡，她不必用地址簿寻找朋友和家人，只要问她的丈夫就可以了，一切都在她丈夫的大脑里。

结果是，安卡虽然很热心，但她很严肃。她已经花费数年时间揭开犹太人的隐秘生活。我们像老朋友一样谈论了许多件不同的事情，我们都对口述历史充满了热情。我感谢他对格林贝格先生所做的采访，并告诉她我想见格林贝格先生。

"他已经 86 岁了，"安卡说，"我不知道他是否还活着。我找找他的电话号码，晚上给他打电话。"她停顿了一下道："那么你用什么语言和他交谈？你会说希伯来语或意第绪语吗？"

我摇摇头。

格林贝格先生能说八种语言，但是其中不包括英语。

"他会说西班牙语吗？"我问道。

安卡喜形于色道："是的。他在西班牙生活了很多年。"

格林贝格先生确实还活着。在电话里，他说的西班牙语很好听，而且告诉我他很高兴和我谈论戈沃罗沃的事。

"我的记忆力惊人，"他说，"我的记忆力惊人。"他重复了一遍，强调了每一个音节。"我可以告诉你关于戈沃罗沃的一切。"他停了一下又补充道，"我也可以带你去戈沃罗沃，带你看看所有犹太人曾经生活过的地方，犹太会堂在什么位置，公墓过去在什么地方。我有一辆很棒的汽车。一辆很棒的汽车……我很乐意亲自开车载你去那儿。"

我和艾瑞克已经计划好去克拉科夫做一次讲座，并和她的一些朋友聚会。直到两天后，我才乘出租车来到华沙格林贝格先生的楼下。我找到了电梯，来到了他家门口，迎接我的是一个小个子男人，双颊红润，双眼炯炯有神。"请进，请进。"他说，像矮精灵一样热情地把我让到屋里。格林贝格先生长得有几分像巴巴的三个弟弟，我的三个舅爷。他也好像在我身上看到了熟悉的人。在电话里，我告诉他我的外曾祖母，汉娜·格兰特，就来自戈沃罗沃。"我记得格兰特一家，"他看着我，说道，"是的，毫无疑问，你来自格兰特家族。"

他的妻子克里斯蒂娜从厨房里走出来，接下我的外套。克里斯蒂娜是一位优雅的老太太，穿着棕色长裤套装，金黄的头发在美容院做过，指甲也刚刚修过。格林贝格先生让我坐在沙发上不要拘束。他从房间另一边的柜子里拿出三本护照。他递给我看——波兰的，西班牙的和巴西的——都在有效期内。

"我在世界各地住过。"他说。

在第二次世界大战刚爆发的时候，他和他的父母以及弟妹们一起逃离了戈沃罗沃。在穿越边境到达俄罗斯之前，他的父亲累死了。但是他和其余的家人一直在那里等到战争结束。1946 年，他和他的家人去了以色列，他和他的妻子又从那里到了巴西。在巴西，他的妻子和儿子在一次飞机事故中丧命。之后，他觉得留在巴西很痛苦，所以又离开巴西来到德国。在德国他遇到了克里斯蒂娜并且再婚。格林贝格夫妇喜欢去西班牙度假，他们很喜欢西班牙所以在那里定居，开了一家餐馆。八年前，他退休和克里斯蒂娜一起回到了波兰。她不是犹太人，但是家人仍住在华沙。

"现在形势对在波兰的犹太人好多了，"他说，"不像以前。我现在可以毫不犹豫地告诉我遇到的任何人我是犹太人。"

电话铃响了，格林贝格先生开始和电话另一边的人用希伯来语交谈。他解释说，这是一位来自东正教会堂的拉比，他问我是否去参加礼拜仪式。

"我完全可以用希伯来语阅读，"格林贝格先生放下电话后宣布道，"不像有些人的希伯来语，只是把意第绪语和波兰语混用。这就是这位拉比为什么总是让我去凑够法定礼拜人数的原因。但是我告诉他我今天不能去。"

格林贝格先生回到我对面沙发的座位上。我向窗外看了一眼灰蒙蒙的天空。

"我们今天有时间去戈沃罗沃吗？"我问道，虽然知道了答案。

"太晚了，"他说，"天快黑了。如果你早上八点过来，我们今天就可以去了。但是我们明天可以去，如果不下雪的话。"

"我明天就要走了。"我悲伤地告诉他。

"真遗憾！你没有早点打电话给我。"

我解释说我才知道他的存在。为了安慰他，也是为了安慰我自己，我把戈沃罗沃回忆录放在他手里。

他吃惊地看着我。"你有这本书！"他把它紧紧地抱在胸口，之后大喊道："克里斯蒂娜，过来看看！"

克里斯蒂娜慌忙从厨房里出来，用餐巾擦干了手。

"这是来自戈沃罗沃的书。"他对克里斯蒂娜说。又转过身对问我："你是如何得到这本书的？"

"从我的外婆那里得到的。"

"很多年前我看过它。我的丢在了巴西。再次看到这本书真是太高兴了！所有在戈沃罗沃生活过的犹太人都在这本书里！"

他深吸了一口气。犹如神助，他一下子翻到了一页，惊讶地喘了一口气，然后他用双手抱着头开始哭泣。克里斯蒂娜站在他身边，轻轻地抚摸他的脸颊。

"这是我的父母，格戴尔和汉娜。"他哭着说，指着两张并排排列的照片：一个留着胡须戴着帽子的男人和一个穿着白领裙子的女人。克里斯蒂娜离开了房间，拿来一杯水和一粒药丸。眼泪止住后，格林贝格先生反复用手抚摸着照片。然后把这一页翻过去。

他一页一页地翻看这本书，不时地停下来解说给我听。当他看到镇上傻子史罗墨的照片时，他就大笑起来："他的脑子有点不好，但是他给家家户户送水，就像你在照片中看到的一样，他提着两个水桶，大家都很喜欢他。"他的笑容消失了。"唉，唉，唉，史罗墨·阿吉瓦，你变成什么了！"我担心他又要哭。正在那时，克里斯蒂娜端着一个盘子走进来，盘子上放着茶壶、芝士蛋糕和一些糕点。巴巴过去也常常做这种糕点，我们称之为马里婆萨饼——一种香脆的、蝴蝶翅膀状的面片再撒上糖粉。

"来吧，"克里斯蒂娜说，"我们喝茶。"

我吃了一块又一块的马里婆萨饼，忘记问它们在波兰语中叫什么名字，而克里斯蒂娜一杯接着一杯地倒茶。

格林贝格先生问我是否有时间留下来早点吃一顿晚饭。我同意了。整个下午我都有空。

"太好了，"他说，"如果我早点认识你就好了。我就可以为你做一顿犹太饭菜。有鱼丸的饭。"

"还有三角馄饨。"我补充道，突然怀旧起来。

他笑道："三角馄饨？我做的三角馄饨很好吃的！"

我很多年没有吃过三角馄饨了，但是当我还是小姑娘的时候，巴巴经常做给我们吃。这种犹太馄饨太厚而无法在嘴里融化，不管是用汤水煮着吃，还是用油炸着吃，等汤汁流出来之后，味道十分鲜美。

"我们给她做点好吃的。"克里斯蒂娜说，几分钟过后她就告辞去为我们买晚餐食物。

格林贝格先生和我回到沙发上，我们坐得很近，我都能感到他的呼吸。他一页一页地查找，用这些照片来考验他的记忆力，在读意第绪语文字之前，看自己是否能够认识那些面孔。我感觉，从来没有哪一本书像这样珍贵——能够如此强烈地激起人的情感。

一看到他的老朋友，格林贝格先生就满脸笑容，而且他能叫出他们的名字，好像在试图召唤他们一般。当他看到一页歌词和乐曲时，他就大声用意第绪语唱出来。他寻找我家人的照片，在每一页上找莱文夫妇和格兰特夫妇。他找到了我从来不认识的亲戚：我的舅爷，莫什和埃利埃泽；还有我的外曾祖母汉娜·格兰特的父母和兄弟姐妹。他慢慢地大声朗读所有在大屠杀中被残害的、来自戈沃罗沃的犹太人的名单，其中有七位格兰特，包括我的高祖父母。当他看到他的一个姐姐的照片，他又哭了，哭得更无可奈何。他的姐姐和她的丈夫以及三个孩子在华沙犹太人区丧命。

"她多么年轻漂亮，我的姐姐！请把这张照片复印一份寄给我。"他擦干了眼泪说。他合上了书，紧紧抱在胸口，好像抱着世界上最珍贵的东西。

我突然开始担心，我毫无征兆地带着这本书出现，会给他带来伤害。我本不该唤醒已经冬眠的记忆。

但是格林贝格先生说这本书只是使他想起他曾经年轻过；使他想起他流亡世界之前的时光，以及在世界各地流动，学习不同的语言；使他想起波兰是他唯一的故乡的时光，那时只要会说意第绪语就足够了。

"好好保管这本书，"他说，"我从来没想到我还能再见到它。"

在谈话中间，克里斯蒂娜已悄悄地回到家里准备晚饭。她对她丈夫喊道："请过来帮一下忙，好吗？"

格林贝格先生来到厨房，我也跟了过去。他把一个砂锅从火炉上拿开，小心翼翼地挑起一块肉放在切菜板上。他把牛肉切成厚片，说这是为我和他做的，而克里斯蒂娜则喜欢吃鸡肉。我大部分时候也喜欢吃鸡肉，但是这次我吃了牛肉，还有克里斯蒂娜准备好的沙拉和炖土豆。我吃完一份之后，格林贝格先生又把一片牛肉放到我盘子里。

"你过得好吗？"他问道。

"很好。"我说。

"不缺什么东西吗？"

"不。"我答道，不知道他问这个问题有什么意图。

"如果我能帮上你，请一定告诉我。你确定你不需要钱？"他如此关切地问我，我几乎想说同意来满足他的愿望。

"我有这套公寓，还有另一套公寓空着。"格林贝格先生继续道。"你什么时候再回波兰？"他问道。

我不知道我什么时候回来。我没想到过要回来。我只是把波兰当作一次性的目的地而已。但是，现在也许我有了回来的理由。

格林贝格先生貌似读懂了我的心思。"那么，不要等太长时间，"他说，"下次你来华沙的时候，提前给我打电话。我会去机场等你。而且你可以和我们住在一起，或者住在另一套公寓——你想住哪里都可以。把你丈夫和儿子都带过来。下次来的时候，你不需要花一分钱。不要住酒店，不要去饭店。我知道你去戈沃罗沃花了不少钱。但是和我一起去，你不需要花钱。我用自己的车亲自开车送你去。"

我感谢了他。我不想告辞，但是天已经黑了几个小时。我问我是否可以用他们的电话叫一辆出租车。格林贝格先生说没必要。他要亲自送我去酒店。他和克里斯蒂娜有两张意第绪语戏剧的门票，而且我的酒店正好顺路。

格林贝格先生很有力气，一下子就把车库的大门掀开，车库正好装下他的汽车，一辆大众帕萨特，正好是我在密歇根所开汽车的型号。在开车途中，我才发现他和克里斯蒂娜所住的地方离我在华沙的酒店只有几个街区。我本来可以步行去他家。他离我这么近。

《戈沃罗沃回忆录》安全地躺在我包里。在密歇根的时候我还嫌这本书太重，不愿带上，但是现在看来，这是世界上唯一值得带到波兰的东西。

格林贝格先生一边沿着华沙街道开车，一边用意第绪语唱歌，而且克里斯蒂娜和他一起唱，他们的声音那样和谐，那么畅快。我几乎有些惶恐。这是我不敢想象能在波兰得到的幸福。

第三部

再见，古巴

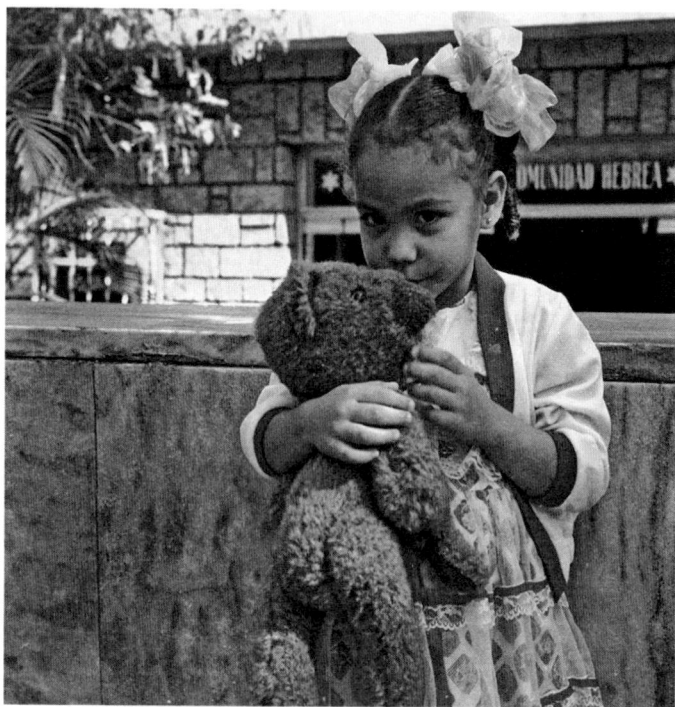

丹爱达抱着一个犹太人道主义团体访问古巴时送给她的泰迪熊

1993 年，露丝 · 贝哈拍摄

畅游世界任何地方的自由

    我第一次在哈瓦那遇见丹爱达是 1993 年，不知用遇见这个词是不是准确。她只是一个孩子，刚刚 4 岁，还拉着她父亲的手。那时，我和她的父亲琼斯·乐维比较熟悉，她的父亲把她带到帕特罗纳托犹太会堂参加光明节聚会。我们互致问候。在聚会之后，我们去外面聊了一会天。丹爱达紧紧地抱着一只泰迪熊。在那时，整个古巴都买不到泰迪熊，即使在现在也很难买到，也许在岛上任何商店都不可能找到。这只泰迪熊是一个美国犹太访问团送给她的光明节礼物。这个访问团给处在振兴初期的、人数极少的犹太人社区捐赠了医疗设备和礼物。

    我们站在犹太会堂门口的时候，看到访问团成员登上了一辆有空调的哈瓦那旅游公司巴士离开。我不止一次乘坐这样的豪华巴士。我知道坐在那样高的汽车里是什么情况，可以居高临下地看到街道上在热浪中来来往往的行人，或者在拥挤的公交车上的人们。我知道躲开热带的炎热和尘垢的轻松，而且我知道乐维和丹爱达从来没有机会享受坐空调车在市里游玩的乐趣。

我看了一眼抱着泰迪熊的丹爱达。她很可爱，头发上扎着粉红的和碧绿的蝴蝶结。我问乐维我是否可以给她拍照，他同意了。她长得不像她父亲。他皮肤苍白，眼睛淡绿，但是她是棕色皮肤棕色眼睛。如果我要追溯我与丹爱达认识的开始，我就得回到那一天。我在取景器里注视着她，她依偎着那只作为慈善之举而来到古巴的泰迪熊。

我独自来到哈瓦那寻找那些留在岛上的犹太人。我们家已经放弃留在岛上。我父母、莫里和我住在离帕特罗纳托犹太会堂只有半个街区的地方。通过老房子的两间卧室窗户，我们可以看到会堂的浅蓝色拱门，具有 20 世纪 50 年代现代主义建筑的鲜明特点。我有一张小时候的照片，我站在那块粉红石墙前面，墙上饰有以色列 12 个部落的铜质标志。我清楚地意识到，我小时候这张照片的那一幕重演了。

帕特罗纳托犹太会堂建于古巴 1959 年革命前夕，内设一个图书馆、一个餐厅和一个聚会厅。在那个时代，这里曾被当作生活在岛上的 15,000 名犹太人的社区中心。两次世界大战期间，很多犹太人因反犹运动和贫困逃离了欧洲来到古巴，他们在古巴已经兴旺发达。由于害怕失去他们的文化，他们只在犹太人圈内找对象。来自东欧的德系犹太人和来自土耳其的赛法迪犹太人之间的婚配非常少见。极少数胆敢与其他种族通婚的人遭到了排斥。跨越肤色界限对那个时代的大多数犹太人来说简直无法想象。在20世纪50年代，像丹爱达这样肤色的孩子不可能出现在任何犹太会堂。现在，岛上的民族和种族界限都被打破了，人们不再迷恋犹太人如此看重的社会差别。他们建成了犹太会堂，但是他们几乎没有时间享受。

起初，犹太人支持菲德尔·卡斯特罗。但是他们的财产和企业很快被国有化了，作为店主和商人，他们的生存遭到了威胁，因此他们的热情消退下去。在当时的体制下，连街头叫卖也是非法的。在许多宗教学校被关闭和国家大力宣扬无神论以后，很多人担心自己的犹太身份也处于危险之中。大部分人选择在20世纪60年代初离开古巴。只有少数人选择留下。有些人支持革命。另一些人在与其他种族通婚之后就远离了犹太部落，而且他们也不想被根除。

琼斯·乐维就是留在古巴的人之一。乐维的父亲是赛法迪人，母亲是天主教徒，在20世纪六七十年代，他是一名商船船员，在苏联生活。返回古巴之后，他不再抱任何幻想。在20世纪80年代玛丽埃尔移民潮中，他想离开古巴，但是被警察逮捕。然后在80年代后期，他在齐维特·阿伊姆会堂的宗教仪式中找到了慰藉。这是赛法迪犹太人于1913年在岛上建造的第一座犹太会堂。他在哈瓦那湾祈祷，不想再去来来往往的帆船上航行。

和他第一任妻子离婚之后，乐维带着他们的女儿搬到了哈瓦那的唐人街。他的公寓大厅对面住的是弗洛伦达。他们很快就结婚了，丹爱达是他们的婚生女儿，是非裔古巴人和犹太古巴文化混合的产儿。她在她母亲家长大，与比她大十岁的同母异父姐姐奥姆妮一起生活。但是乐维想把丹爱达培养成犹太人，尽管孩子只有从母亲那里遗传了犹太血统，也就是从他们母亲子宫那里获得犹太血统①。

丹爱达出生于 1989 年，也是柏林墙倒塌的那一年，她在新世纪初期也就是后乌托邦时代长大成人。当她还是孩子的时候——20 世纪 90 年代，这是古巴出现物资短缺的时代。为了应对这种局面，菲德尔·卡斯特罗开放了古巴的旅游业，使在国外的古巴人能够更容易地通过汇款把资金注入古巴的经济。人们不再耻于表达自己的宗教信仰。天主教堂、新教教堂、犹太会堂以及萨泰里阿寺庙都打开了大门。在国家推行无神论几十年之后，有的古巴人开始炫耀十字架和犹太星，有的在入萨泰里阿教后全身穿白衣服。

古巴一允许上帝回来，美国政府就企图通过为想去古巴进行人道主义援助和执行宗教使命的美国人提供旅行便利条件来鼓励宗教自由。人类学家喜欢说，一旦《国家地理》专题报道一个国家，美国人就可以安全地去这个国家旅游。古巴通过了这次考试。一篇题为"革命中的演变"的封面故事出现在 1999 年的《国家地理》上。这篇文章引发了美国人去古巴旅游的热潮，直到现在这股热潮还没有退去。

这些宗教代表团带来了《圣经》、阿司匹林、医疗设备、奶粉、衣服、计算机以及其他物资，帮助古巴应对经济危机。在数十年的商品限制后，一些无聊的东西，像丹爱达收到的那只泰迪熊，也到达了岛上。

在 1992 年，纽约的美国犹太人联合配给委员会开始提供经济和教育支持，帮助重建古巴的犹太人社区。这种支持后来被称为**联**

---

① 根据犹太人的习俗，如果母亲是犹太人，她所生的孩子就是犹太人。在这里，丹爱达的生母不是犹太人，所以丹爱达应该不是犹太人。但是，他的生父（乐维）想把她当成犹太人抚养。

合使命，这个行动不但派出教师去古巴教犹太宗教和历史，也派出一些拉比去主持割礼、皈依礼和婚礼。因为出身于不同的混杂种族，而且没有接受过宗教教育，大部分犹太人对他们的犹太传统知之甚少。这次任务的目标是把他们带入犹太国际大家庭。联合使命团一进入古巴，其他一些美国犹太组织也跟进来，热情地帮助挽救其余的一千名犹太人。

想到还有一些犹太人生活在古巴，美国犹太人都感到非常震惊。这个小型犹太人社区立即被赞为犹太人的生存"奇迹"，它是一个亟须拯救的失落的部落。美国犹太人或者参加"*活者的行进*"① 组织的活动，或者独自去波兰参观华沙犹太区、奥斯维辛集中营和特雷布林卡集中营，这些都是死亡和创伤之地，他们的先辈曾丧命于这些地方，因此是深入伤心之地的旅程。但是古巴之旅却伴有令人喜悦的画面，人们可以吸雪茄烟，喝莫希托鸡尾酒，跳萨尔萨舞，享受原始的沙滩。美国犹太人认为波兰是一个把犹太人边缘化的国家，助长了纳粹灭绝犹太人民的气焰。和波兰不同，古巴被看成一座多元文化加勒比海岛，在这里犹太人从来没有受到迫害。美国犹太人也许是以色列的忠实支持者，但是他们认为以色列是一个危险的国家，而在古巴，被自杀式炸弹袭击致死的可能性几乎为零。

随着古巴犹太振兴计划的开始，我看到帕特罗纳托犹太会堂成为许多美国犹太人使团来往美国和古巴的总部。这座会堂使我联想到我在岛上被中断的童年。在 20 世纪 90 年代初期，会堂屋顶坍塌下来。鸽子从破碎的窗户里飞进飞出。但是，到了 2000 年，这

---

① 活者的行进（The March of the Living），是每年一度的纪念大屠杀国际活动，参与者从奥斯维辛集中营步行三公里到克瑙集中营以纪念大屠杀中的所有遇难者。

座会堂被一些慷慨的"犹太古巴"流亡者重新修复。他们在迈阿密发了财，也不想返回古巴，但是他们无法忍受听凭他们年轻时代的会堂变成废墟，于是他们汇了一百多万美元过来，他们的名字也被刻在入口处的一块牌匾上。

不幸的是，古巴最古老的犹太会堂，齐维特·阿伊姆会堂因重建资金从未兑现而被迫关闭。琼斯·乐维自己把《妥拉经》从齐维特·阿伊姆会堂搬到了新一些的赛法迪犹太会堂——赛法迪中心，距离帕特罗纳托犹太会堂有几个街区。在努力从政府那里把房屋要回之后，他就成为赛法迪中心的会长。政府把这座房屋转交给了文化部。会堂里有一个宽敞明亮的圣堂，圣堂的面积对现在的社区人口来说太大了，乐维就把它用作唱队的排练场。紧挨办公室的一个通风房间成了健身馆，提供健身和瑜伽培训。乐维收取使用这些房间的租金用于支付会堂的维修。他把以前的妇女会议室改成现在的圣堂。他自学了希伯来语，能娴熟地评说圣经，带领周五晚和周六早晨的礼拜仪式，起初非常费劲，但是后来终于可以轻松应对。他培养了一群忠实的会众，大多数都是没有多少年轻亲人的老年人。

对丹爱达来说，赛法迪中心不但是她的第二个家，而且也是一个神奇的地方，这里有许多美国犹太人出现，还带着礼物。他们送来了门柱圣卷，可以钉在门框上带来好运。他们送来了烛台和彩色的蜡烛，可以在光明节点亮。他们送来了用金链串起来的金色犹太星。他们还送来了光明节"钱"，它是用锡箔纸包裹的小块圆形硬币状巧克力。丹爱达的童年是这样度过的，她在会堂入口到办公室的斜坡那儿滑上滑下，而她的父亲每天在办公室里看书。看到从世界各地送来的东西，一直都是令丹爱达惊喜和快乐的事情。

随着她逐渐长大，丹爱达特别关注教会仪式。仪式由男人带领，他们手里拿着《妥拉经》，一上一下地走过通道，以便人们触摸和亲吻《妥拉经》。办公室墙上挂着一张褪了色的照片，照片上，丹爱达站在一群老人中间，他们手里捧着来自土耳其的九本《妥拉经》，小女孩棕色的脸蛋在一片白色的脸庞里特别显眼。这就是她成长的过程，在看起来和她一点也不像的犹太人中长大，但是她和他们有共同的历史。

丹爱达所住的街道坑坑洼洼，但是这在哈瓦那市中心也很常见。她家住的楼房破败不堪，但是邻居们把它打扫得很干净。经过一大段楼梯，然后再走过一段外面的走廊，就来到了她家。面积不大，但是房顶很高，弗洛伦达就增加了一层，建了一个阁楼，在古巴语中这种附加的阁楼被称为"Barbacoa"。墙上挂着一张镶有相框的照片，照片上的丹爱达穿着一件蓝色的裙子，扎着两个辫子。照片是喷绘的，她带着天使一般的微笑，两颊红润。

我与丹爱达的所有交往都发生在赛法迪中心。直到 2000 年夏天，我才到了她的家里。那时我在制作一部纪录片，《再见，吾爱》（*Adio Kerida*）。她已经 11 岁了。我采访了她，问她的朋友是否知道她是犹太人。她回答说他们都知道，而且她以自己的身份和信仰为荣。有一次，我拍摄她和乐维在一起的场景。乐维教她用希伯来语读《妥拉经》，为她的成人礼做准备。我很佩服他挑战重男轻女传统的勇气，把神圣的知识传给他女儿。

第二年夏天，我花了更多时间到他们在哈瓦那唐人街上的家去探访弗洛伦达、奥姆妮以及丹爱达。弗洛伦达和她的大女儿都是耶和华见证人教成员。她的大女儿已经结婚，带着她的三个孩子住在附近的一栋楼房。二女儿奥姆妮是一位有志向的萨尔萨歌手兼舞蹈演员。她在哈瓦那的一条主干道拉兰帕路上的一家大众饭店经常演出。她已经加入萨泰里阿教，并负责打鼓以及为萨泰里阿教的瑞莎神唱诵赞歌。

尽管她们有不同的信仰，遵守不同的宗教习惯，但是弗洛伦达、奥姆妮和丹爱达能共处一室，真是令我惊讶。她们可以轻松地在一起生活，并且尊重彼此的信仰，这看起来颇具古巴特色。在拍摄她们的时候，我尽力表现她们对多元文化的宽容。幸亏那时我捕获了她们生活中的瞬间。几年之后，她们就各奔东西了。首先是奥姆妮，然后是丹爱达都抵挡不住全球化的吸引。两人都加入为了寻找在家乡得不到的财富和幸福而外迁的年轻女孩大军，这样的女孩越来越多。

2001 年 12 月，我返回古巴参加《再见，吾爱》在哈瓦那电影节上的首映，丹爱达和她妈妈一起来到了现场。奥姆妮则带着一位意大利男朋友。我不知道她们对纪录片开头部分有什么看法。纪录片的开头是一组拼贴老照片，这是我小时候和父母在海滨散步的一些照片，伴有作为一个回国移民对古巴故乡的寻找的画外音。纪录片的名字是根据一首赛法迪歌曲而命名的，这首歌曲是对失去的爱的怀念。在影片里，失去的爱就是古巴岛。在放映时，这种感伤的情绪还不是丹爱达、弗洛伦达和奥姆妮的真实经验。但是不久之后，她们也亲身体验到了我们这些流散人群对故乡的思念。

2002年我回到古巴的时候，我希望和这三个女人进一步详谈。我爬上那一段熟悉的楼梯来到她们的公寓，很惊讶地得知奥姆妮几个月前就辞别了她们。

"她现在在波兰。"弗洛伦达说道。

她被一位古巴萨尔萨舞队长发现，他在拉兰帕听过她唱歌。他住在波兰，而且邀请她去他的乐队表演。

她妈妈告诉我奥姆妮一到达波兰就给她写了一封长信。她的旅途很糟糕。那是她第一次坐飞机旅行。她拿着一个笔记本，上面都是她妈妈、姐妹们、她的外甥女和外甥临别时给她写的赠言。她读了一遍又一遍，不断地流着眼泪。而当她们给她送别时，她并没有哭。最后，她睡着了，当她醒来后，她才知道从古巴到阿姆斯特丹的航班晚点到达，所以她错过了去华沙的飞机。她不知道向谁求助。周围的人都那么匆匆忙忙。上帝啊，我疯了吗？奥姆妮自问道。为什么要离家来到一个不熟悉的国家，语言又不通，和她不认识的人一起工作？她来到了问讯处，但是问讯处的那位女士听不懂她的话。奥姆妮用双拳捶打着柜台并且大叫着："*西班牙语，西班牙语，西班牙语！*"最后，那位女士拨打了一个电话，让她与会说西班牙语的人通话。到达华沙后，奥姆妮已筋疲力尽，萨尔萨舞团成员都在那儿等着她。

幸运的是，后来一切都很顺利。她之后的来信都很高兴。她在信中写到了她的公寓、电视机以及豪华的地毯。人可以躺在浴室地毯上，但实际上是走在上面，不像她们在古巴用的地毯那样破破烂烂。她告诉弗洛伦达和丹爱达，那里的购物中心有很多鞋子衣服可以选择，一切都是新的。

奥姆妮寄来了照片，在一张照片上，她看起来像电影明星一样。穿着优雅的红色羊毛外套和黑色的高筒靴，她勇敢地面对着镜头。在给我看这张照片的时候，弗洛伦达流出了眼泪。她说她不应该伤心。女儿在实现她的梦想。谁能阻止她？

丹爱达那时已经13岁了，她若有所思地看着这张照片。"难道姐姐不漂亮吗？"她说，"在古巴，她不可能穿上这样的衣服。"

许多年过去了，丹爱达看到过她在赛法迪中心认识的很多犹太人离开古巴前往以色列。他们在20世纪90年代初通过一个名叫雪茄行动的计划秘密地离开古巴，但是后来人们开始公然离开，而且人数越来越多。乘坐木筏到达迈阿密是许多不满的古巴人所选择的最危险的偷渡方式。即使这样，那些宣称祖先是犹太人的古巴人可以在发达世界（例如以色列）找到他们可选的目的地。通过**阿利亚运动**，也就是回归犹太故乡运动，古巴犹太人在移民第一年可以获得免费住房和补助。不久，丹爱达就看到她的舅舅们离开古巴，然后是她父亲的弟弟带着全家人离开古巴，后来她同父异母的姐姐也离开了古巴。美国犹太人的慈善活动已经引起了古巴犹太人对经济独立和社会流动的渴望。每隔几个月，丹爱达就看到父亲用红色铅笔把一些名字从赛法迪中心花名册上删除。他没打算离开，但他也不阻止那些想离开的人。

在奥姆妮离开之后，丹爱达只想着自己离开古巴的那一天。以色列已经成为她明确的梦想之地。她天天从她母亲公寓的窗户向外张望，好像是最后一次看古巴一样。在高中选择世界任意一国作报告时，她选择了以色列。这需要勇气，她的老师是一个狂热的反犹太复国主义者。如果被要求讨论她的未来计划，丹爱达说她想离开。在她的想象之中，她的未来不在古巴。

弗洛伦达和乐维尽力想让丹爱达留在古巴。她妈妈告诉她古巴革命所取得的成果，有免费的健康医疗，而且古巴儿童不用在街头乞讨。她爸爸告诫她一旦她离开就再没有回头路。他提醒她移民生活并不容易。他还提醒她没有必要离开，她在古巴有吃有喝，还有房子住，就是赛法迪中心。

我也担心地听着丹爱达的事情。我担心我在她生活中的存在给她带来了不良影响。她看到我来去自由，而她正缺少这种自由。尽管我很想重新在古巴扎根，但是我是一个移民成功故事的活广告牌。要是我告诉她不要离开，是不是太虚伪了？我自己的家人都已经离开了古巴，并且在美国定居之前去过以色列。为什么我不鼓励她走同样的道路？

我开始想到，她像我紧密地关注她一样关注我，或者比我做得更甚。在我的事业之初，作为一位人类学者，我所观察的所有人都比我老，老得可以做我的父母或者甚至可以做我的祖父母了。使我感兴趣的是他们对过去的回忆。对于丹爱达这种情况，我必须努力想象她的未来，一些还不存在的东西。

在我认识丹爱达的这些年中，我已经成为一位母亲。她只比我的儿子小三岁。可以说是我的女儿。想到这儿我才回忆起，加布里埃尔在密歇根长大,我却不在他身边,我一次又一次痴迷地返回古巴。每次看到丹爱达,我都会为她停泊。我关心她,所以我为她担心。

在她等待离开的那几年,丹爱达失去了灵活柔软的少女身材,变得丰满起来。在街上行走的时候,她可以感觉到男人看她身体时火辣辣的目光。她知道,长着她那样的美人鱼臀部和棕色皮肤的年轻女人可以陪西班牙或者意大利游客睡觉,几天之后,就可以赚足够买一台电视机的钱。但是,丹爱达不能容忍自己这样浪费自己的身体。在 17 岁时,她决定嫁给她男朋友,卡洛斯,他比她大 10 岁而且不是犹太人。他们结婚不久就申请去以色列。她父亲说她嫁给卡洛斯是因为她不想一个人移民。可能他是对的。丹爱达从来没有想过,她父亲将要放弃赛法迪中心。那是他的生命。他在那里花费了 15 年的心血。但是一天早晨,乐维做出一个决定:他也要离开。当她还是小女孩的时候,他牵着她的手走进这座犹太会堂。当她长大以后,他还要牵着她的手走向期许之地。

想到丹爱达和乐维不久就要离开古巴,我感到十分悲伤。我知道我没有权利这样伤感。我自私地想让他们留下,一直留在那儿,而我可以继续自由出入古巴岛。在我思考他们的离开之际,在我回到密歇根之时,我做出了一个突然的决定,我要和艾瑞克·莱勒一起去波兰。我给奥姆妮发了邮件,告诉她我很快去那儿见她。我常常把波兰与大屠杀联系在一起,丹爱达漂亮聪明的姐姐在这个国家过得如何?但是奥姆妮没有回复我的邮件。我恐怕她过得不好,她寄回古巴的那些诱人照片只不过是一种掩饰。参观了波兰的一些受难之地之后，我的悲观情绪进一步加深。我与艾瑞克一起去了华沙犹太人区，然后去了特雷布林卡，去了克拉科夫。艾瑞克以前去过奥斯维辛，所以她不想再去。我独自一人去了。单独一个人不应去奥斯维辛。

在克拉科夫的最后一天，我查收邮件的时候，碰巧看到奥姆妮发来的一封邮件。她住的地方离我有三个小时的路程，要过来看看我。她在午夜时分到达我住的酒店。我本以为她会穿着红色羊毛外套和高跟长靴，打扮得花枝招展。可是，她只是穿着牛仔裤，一件贴身夹克，一双运动鞋和一顶棒球帽。奥姆妮已和她的意大利男友分手。她现在的男友是古巴人，一个名叫埃里尔的鼓手，已经移民到波兰陪她。她眼睛闪闪发光，骚动不安，即使在站着不动的时候。但是他们现在都会说两种语言。当前台接待员用流利的波兰语迎接他们进入酒店时，她愣了一会儿才反应过来。她的目光停留在他们黑色的皮肤上。

我把他们领进大厅，在这里我们低声交谈了几句，大气也不敢喘。酒店的酒吧已停止营业，所以我们决定出去喝点东西。

我们走得很快。半夜里天气冰冷。三五成群的波兰人在酒吧外饮酒狂欢。奥姆妮和埃里尔非常紧张。奥姆妮小声地说："如果你是黑人，你需要'四只眼睛'，你必须特别小心防卫。"德国人把这个国家弄得支离破碎，但波兰人不敢惹德国人。可是一旦看到黑皮肤的人，他们想把你的头拧下来。

我们找到了一家貌似安静的酒吧。现在该是酒吧招待愣了一会儿才反应过来的时候，当他听到埃里尔对他说波兰语时。我们拿着啤酒坐到一张桌子旁的时候，几个坐在吧台上的男人瞪着我们看。酒吧里的频闪灯射出蓝色的光，特别刺眼，给人一种怪异的感觉。我们彼此靠得很近，也不敢大声说话。

奥姆妮问我来波兰做什么。我告诉她我去过什么地方，我所感受到的悲伤。她点点头道："这个国家没有任何旅游业。像你一样的犹太人来到这里因为你们想看一看过去你们犹太人到底发生了什么。但是那些常规的游客不会来这里。他们到这里无事可做。"

听到奥姆妮对波兰如此否定，我颇感惊讶。我问她离开古巴是否感到难过，她摇摇头道："我在波兰有很多机会。我以艺术家身份出名。我和一些著名的波兰艺术家同台献艺。波兰人喜欢看我演出，因为对他们来说我是外国人。"

"那么，在舞台上，黑人没有问题？"

"在舞台上，他们很喜欢，因为我是黑人，"奥姆妮答道，"我是性感的混血儿。"

我问她，如果还在古巴，她认为她会做什么。

"在古巴，我会做同样的事情。唱歌。也许，我现在已经和哈瓦那的一个大乐队一起演出了。而且我告诉你，我知道他们挣不到什么钱，少得可怜。他们举办一整夜演唱会，给成千上万游客演出，游客每人花 20 美元，而他们只挣 5 美元。"

她叹了一声，呷了一口啤酒。酒吧里开始热起来，她脱下夹克，卷起羊毛衫袖子。指着自己的前臂，她笑着说在波兰没有足够的阳光。她的黑皮肤显得有些苍白。"在这里很苦，"她补充说，"但是，现在如果我在古巴，我也会努力离开。我将尽力去另一个国家找工作。"

七个月后，在 2007 年 7 月，我返回哈瓦那。丹爱达已在等待离开古巴。我本想记录她的离别。但是当我到达时，我才知道他们不会很快就走。尽管她和卡洛斯已收到了护照，但是他们去以色列的机票还没有到。她很愤怒，想一走了之，但是她还得留在古巴等待。

丹爱达在等待把东西塞进行李箱的那一天，就像去度假的游客一样，涂上银光闪闪的指甲油，在手腕上抹了点香水。

丹爱达在等待把睫毛膏涂在睫毛上的那一天，然后在手帕上留下紫红色的口红印。

丹爱达在等待全身穿着白色衣服去机场的那一天。白色的腰带搭在她白色紧身牛仔裤臀部，前面带拉链的白色无袖衬衫稍微敞开，闪亮顺直的头发上扎着一条有亮片条纹的粉红丝巾。一只带着细带的白色小手包从她肩上垂下。

丹爱达在等待她和所有邻居说再见的那一天。他们将只说出一个词和她告别：*成功*。

丹爱达在等待她乘坐租借的面包车的那一天。她坐在卡洛斯和她母亲之间。她宽容的母亲是一位耶和华见证人教成员，让她选择了她父亲的犹太信仰。

丹爱达在等待去机场的那一天，在去机场的路上，迎着耀眼的夕阳，她眼睛一眨不眨，望着前方。

丹爱达在等待她终于到达机场的那一天。在刚刚穿过刻有"出口"字样的玻璃门之前，她就和妈妈说再见。她提醒妈妈不要哭，因为如果她哭了，那将使离别变得不堪忍受。

我不在那儿，但是我请摄影师亨伯托·梅尤尔拍摄记录丹爱达在古巴的最后一天。她光芒四射，脸上闪烁着希望之光。她很高兴和她丈夫一起出国。在父母的建议下，他出发时也穿着白色衣服。白色代表纯洁的心灵，白色代表新的开始，白色代表奥巴塔拉——象征意识之光的神灵。丹爱达的父亲陪着她，他已经 67 岁了，年龄太大不适合移民。他和他的第三任妻子以及他妻子 15 岁的女儿即将离开古巴。好像参加追悼仪式一样，乐维和他的妻子从头到脚一身全黑。

他们在机场的离别是很平常的事，不像在 20 世纪 60 年代的离别那样夸张。我离开家的时候，出国是一种背叛国家的行为。他们称我们为"蠕虫"，我们被脱光衣服检查以防我们暗藏珠宝，而且也是为了羞辱我们。全球化已经平息了这种革命般的爱国狂热，使移民成为正常行为。离开古巴不再是一种政治行为。没有批评，没有敌意。行李箱托运到最终目的地，护照上盖上"永久离开"的印章。移民官员简单地说一句"一路顺风"。

除了说再见之外，这是一种既渴望又害怕的再见，随后什么也不会留下。当轮到丹爱达说再见的时候，她母亲就开始哭，她也哭，想说的话一个字也说不出来。泪水堵住了她的咽喉，咽喉贴近舌头，不能说话。

她才 18 岁，就要离开。

不管怎样，离开意味着什么？丹爱达以前从来没有坐过飞机，也没有去过古巴以外的地方。大洋之外的天地是什么样子？那些有待发现的广阔世界有什么？通过她在杂志和电视上所看到的图片，她想象着这个未知的世界。在少女时代，她看到过西班牙和意大利游客所过的无忧无虑的生活，对和她一样棕色皮肤的女人来说，这是很有吸引力的生活。她根据这种生活想象着未知的世界。而且那些年观望美国犹太人道主义访问团的经历对她的影响颇深。他们带着犹太人的团结精神和同胞感情，丹爱达深受感染。他们从世界的某个部分送来源源不断的物资，而那个世界好像从来不缺任何东西，她无法抵挡这种诱惑，她渴望自己成为那个世界的一部分。

只有 18 岁的丹爱达既要和她的祖国说再见，又要和她的母亲说再见。她母亲是耶和华见证人教成员，也不能离开她。她百感交集：气愤她的祖国不能够提供她想要的未来；悲伤她的少女时代一去不复返；害怕自己做出错误的决定，害怕一切都是错误，害怕在异国他乡，在新语言环境下，自己无以为生。她所能做的只是跨过通向另一边的大门，不再回头。她母亲在哭泣。如果她转身看到母亲的眼泪，她就会失去勇气。她忍住不去最后一次向母亲挥手。在登上飞机的时候，她为自己的行为感到后悔——她可以看到母亲的面容在她的记忆中变得模糊，好像从雨天的窗户看着她一样。

丹爱达和我的第一次通信是她于 2007 年 11 月 21 日发给我的一封邮件。她用西班牙语写道："露丝，我以前没有给你写信，因为我无法上网，我是用朋友的账户给你发邮件，我想告诉你我们在这里一切都很好，我终于实现了我的伟大梦想。"

我从密歇根的家里给她回信，询问她公寓的更详细情况。我也问她想念古巴什么。在11月27日她又用西班牙语回复道："露丝，我想告诉你，老爸和我住在同一栋楼，只隔了四套公寓，公寓非常漂亮，我的公寓在顶楼，有两个房间，一间浴室，一个可以晾晒衣服的阳台，一间厨房，一间很大的餐厅。融合中心有四户古巴人家，我们都相处得很好，我们彼此各方面都互相帮助……我所想念的是……你甚至不用问，我想念我那些吵吵嚷嚷的邻居、那些坑坑洼洼的街道、古巴比萨、骆驼，每一件事物，但是这是正常的，不管是好是坏，我在那里出生，你总是想念属于自己的东西，即使你不一定喜欢它的一切。我需要妈妈，我很想她。你难以想象，多少次我想喊出她的名字而且跑出去找她。但是我一定要坚强，因为每个移民都有这样的经历。我知道我们的分离特别艰难。好了，露丝，我马上要走了，因为我要去做晚饭，代卡洛斯向你问好，明天我发给你我爸爸的电子邮件地址，这样你就可以给他写信了，他也要我代他向你问好。有空聊。"

以后几个月我们频繁地互发邮件，而丹爱达在古巴时，我们从来没有这样。因为在古巴她没有电脑，像大多数古巴人一样，她得靠公共网络系统，但是为了几分钟宝贵的上网时间，他们需要排长队等待，并且只可以发送或接收电子邮件。

丹爱达很享受她新的上网自由。她一次发给多达三十四位收件人一些问候卡，上面写着"我爱你"或者"我想你"的信息。她特别喜欢那些即使在艰难的时候也要坚信上帝的信息。有一张问候卡上的标题是："看到这些图片，真的使人心碎。"这是用西班牙语做的一系列幻灯片，有的是瘦弱的大屠杀幸存者，有的是非洲或印度即将饿死的儿童，身上爬满苍蝇，还有一位抱着瘦骨嶙峋的孩子的母亲，孩子已经死去，带着怨恨的目光看着镜头。这封邮件告诫接收者不要抱怨他们的困难，而要考虑他们的幸福。

丹爱达花了很长时间发给我一首她特地为我选的诗。这首诗是关于友谊的。诗的开头写道："朋友是那个站在你身边的人，不管顺境逆境。"另一行是："朋友是一个可以猜到你的忧虑并且尽力使你心情变好的人。"

我不知道为什么我迟迟不给丹爱达打电话。到达以色列之后，她买了一部手机并且在电子邮件中把号码发给我。可是，我还是有点犹豫。也许我只是想否认她已经不在古巴的事实。也许我想观察她如何过着我未曾经历过的生活，我不想失去这种荣幸。

过了七个月我才给她打电话，那是六月的一个星期二，我用家里的座机打了她的手机。很容易就打通了，我颇感惊讶。

在等待接听的时候，我听到的不是嘟嘟的声音，而是一个动听的男声唱的希伯来语歌曲。

她用西班牙语问道："是谁？"

我径直说："你好，丹爱达？"她立即听出了我的声音，说很高兴接到我的电话。

我问，我打电话是否打搅到她。

她说，一点也不。她刚下班到家。

那里现在是什么时间？我问。

夜里十点，她答道。

你下班这么晚？

是的，她说，她从早晨六点开始上班，一直工作到下午一点半，然后下午从七点一直工作到九点半。除了星期五之外，星期五她上午十点半下班。星期六是安息日不上班。然后星期天她又开始工作。

你在哪里工作？我问。

在一栋有很多办公室的大楼里上班，她说，这里有律师、牙医，还有隆胸医生。

她有些不好意思，我可以听出来。她不想告诉我更多。但是我想知道更多。

你在那里做什么工作？我问。

她停了足足有一分钟时间才说她清扫大厅、地板、窗户等等。她并不介意她的工作。以前她在一家工厂工作时，那里的人冲着你大喊大叫，俄罗斯同事把香蕉皮丢在地板上，你随时可能滑倒，摔断脖子。她说，她一天工作10个小时，但是可以挣到200舍客勒，她也很高兴。不像在古巴，如果你某天不想工作，你可以待在家里，因为你不想去挣很多钱。在这里，她绝对不想因错过任何一天工作时间而失去200舍客勒。

我把电话换成免提模式，计算一下200舍客勒是多少美元。她每天挣的钱相当于59.21美元。这比美国的最低工资还少，但是大约是古巴大多数人一个月工资的六倍。

她说，她很高兴来到以色列，虽然刚开始，听到他们要被送到内盖夫沙的贝尔谢巴，一下子被甩到沙漠中心，她特别难过。她记忆中都是哈瓦那随处可见的大海，而且你可以感觉到身体上的水汽。

在开始时，她一直哭，而且想返回古巴。他父亲告诉她不可能回头。他们做出这个决定，就不得不接受它。直到两个月以前，她还在因神经紧张问题而吃药。现在，如果偶尔需要的话，她只吃半片药。她很高兴。她准备永远留在贝尔谢巴一直到老。

她用第一个月的工资给她母亲买了一台 DVD 播放机，通过认证邮件寄给母亲，不到一周就到达了古巴。

我说，你妈妈一定很高兴。

是的，丹爱达说，她非常兴奋。但是这台 DVD 和她母亲的老电视机不兼容。她还得等到领下个月工资，寄钱给妈妈让她自己买一台新电视机。

卡洛斯怎么样？你父亲怎么样？我问。

他们俩都可以，她说，他们每周日一起吃顿饭。上次是她的生日。她已经 19 岁了。

我想踢自己一下。我知道她的生日，但是我忘记了。我的电话晚了两天。

她说，卡洛斯在一家制造浴室装置的工厂工作。他负责制作水槽、面盆和浴缸。他每周轮流上班，早晨、中午和晚上三个班次。星期六上班时，他可以得到双倍工资。工作很辛苦，他到家之后很疲惫。

丹爱达的工作也很累。但她觉得，丈夫的工作更辛苦，所以她负责做家务活。在古巴，她几乎没有做过饭。她母亲和婆婆都住在附近，而且卡洛斯喜欢做饭。但是在以色列，她做饭、洗碗、洗衣，样样都做。他们已经搬出了融合中心住进他们自己的公寓。她更喜欢这套公寓,但是唯一让她感到难受的是,她必须遵从那些住在同一栋楼的东正教犹太人的习惯。有一个星期六,她把一堆衣服扔到洗衣机里。不一会儿,几位平时没有打过招呼的邻居就来敲门,责骂她在安息日干活。

至于她的父亲,丹爱达说他不想念古巴。他没有想过回去,至少很长时间内不会回古巴。尽管如此,他还是想念赛法迪中心。他很难找到一家称心如意的犹太会堂。他开始去摩洛哥会堂,而且喜欢去那里,他们咏唱方式具有赛法迪风格,所以听起来更像在古巴。他仍然和他的老婆以及继女住在融合中心。他获得一份养老金,但是并不多。他还想工作,问题是没有人愿意雇佣一个 67 岁的男性移民,即使他会说几种语言,并且在一个犹太会堂主持了十五年。他所能找到的只是临时工作,扫扫楼梯或过道。

丹爱达告诉我奥姆妮想和我通话,我应该给她打电话。挂断电话之后,我用谷歌搜索奥姆妮,她的名字立即出现。我找到她在 YouTube 上一些最新的演出视频,包括在克拉科夫广场新年音乐会的演出。她仍然唱萨尔萨,但是增加了说唱内容,而且和一些波兰音乐家组成了女子乐队。在她的主页上,她自称为一位有特色的*混血儿*。

我打不通奥姆妮的电话,所以我给她发了一封邮件。她很快给我回复,建议用 Skype 聊天。不一会儿,我们就连上了。我告诉奥姆妮我刚刚和丹爱达通过电话。她告诉我他们几乎每天都通过 Skype 聊天。在过去几个月的时间里,她们聊了很多,比她自离开古巴过去六年间聊得还多。在聊天的时候，她们可以通过电脑上的摄像头看到彼此。

奥姆妮想知道丹爱达和我聊了什么。

我重复了丹爱达所说的话——她想永远留在贝尔谢巴一直到老。

"她在向你说谎。"奥姆妮答道。丹爱达已经告诉她，她很痛苦，而且想离开，去加拿大，或者来波兰在她的萨尔萨乐队演出。她抱怨以色列的东西太贵，而且为了挣钱，你得拼命工作。奥姆妮告诉她任何地方的东西都很贵，而且不论你去哪里，你必须努力工作挣钱。在其他地方，生活一点也不容易。

我说，丹爱达才 19 岁就要承担那么多责任。

奥姆妮认为她妹妹还不成熟，仍然是一个小女孩。她毫不犹豫地告诉丹爱达要节食，瘦出美人鱼般的身体曲线，如果她想在萨尔萨乐队演出。在古巴，人们认为身材丰满的女人才漂亮，如果她们有大胸，如果他们身材长得像詹妮弗·洛佩兹一样有大臀部。在欧洲，她告诫妹妹，身材苗条的女人才有魅力。

你自己注意你的体重吗？我问奥姆妮。

是的，当然了，她答道。她是萨尔萨乐队的队长，经常注意她吃的东西，所以不至于增加一磅肉。

奥姆妮听起来有些恼怒，说丹爱达也走了她的老路，离开了古巴，出于姐姐的关心，但带着恼怒的口气，也许还有一点内疚。丹爱达有必要出国吗？她不缺任何东西。她要什么，她父亲就给她什么——她有新衣服，她可以吃牛排。但是，她开始说，我要离开，我要离开。也许因为在古巴每个人都这样说。现在她哭着说她想她妈妈。她很聪明，她去扫地，去干这些脏活。她在以色列过得比在古巴过得苦。她头上裹着围巾，别人以为她是阿拉伯人，所以在购物时，别人像鹰一样盯着她看。她必须等到工资到账，否则她只能吃面包。她说她不想留在那里，但是我告诉她：不行，是你想离开古巴的，外面就是这样。

几天后，我又打电话给丹爱达，那是星期六晚上七点钟，她和卡洛斯在去上一位私人教师的希伯来语课的路上。我同意再给她打电话。在回去的路上，她解释说他们为什么找私人教师。贝尔谢巴到处都是俄罗斯移民。也有埃塞俄比亚人、贝都因人和阿拉伯人。还有来自拉丁美洲的人们——秘鲁人，乌拉圭人，哥伦比亚人，阿根廷人等等。但是俄国人早在 20 世纪 90 年代初期就过来了，就在苏联解体之后，而且源源不断地过来。根据丹爱达所说，他们控制着这个城市，让所有非俄罗斯人感到自己像蟑螂一样。公立的希伯来语学校的老师都是俄罗斯人，他们用俄语教希伯来语。甚至他们的希伯来语听起来也像俄语。她和卡洛斯发现不可能在这样的学校学习。现在他们的阿根廷老师用西班牙语上课，他们学希伯来语进步很快。但是，有时她嘴里连一个希伯来语单词也蹦不出来。就在前天，她的老板让她洗她已经洗过的烟灰缸，有人随后就把它弄脏了，她忍不住哭了。

哭是她在以色列经常做的事情。

她已经实现了她最伟大的梦想，就是去参观耶路撒冷的哭墙。

到达那里后，她想祈祷感谢上帝，但是她所能做的就是哭。她不知道说何种语言。

我问丹爱达是否想过离开以色列去波兰找她姐姐。她很惊讶。她说，我当然想去看她，就像她希望来密歇根看我一样。这就是她离开古巴的主要原因，这样她就可以想到哪里就到哪里。她已经获得了她渴望的自由：畅游世界任何地方的自由。当然，首先，她需要挣钱。但是她打算留在以色列。

你在以色列经历过种族主义歧视吗？

她大笑。一直都有，她说。在公交车上，俄罗斯人盯着她看，但是她学会了盯着他们看。在星期六，在安息日结束之后，她喜欢穿上长裙，头发上裹着丝巾，去购物中心逛街。保安从头到脚查遍她全身。古巴人，她告诉他们。他们仍然怀疑地看着她。也许是因为她买不起那些漂亮商店里的任何东西。还得要两三年，她想。现在她在阿拉伯露天市场上购买衣服和头巾。阿拉伯男人向她调情，贝都因人也向她调情。埃塞俄比亚人错把她当作同类。但是她只是一笑置之。她说她告诉他们，"我有那么黑么？我只是肤色有些深而已。"

丹爱达承认，在以色列并不容易。她希望找到更好的工作。想去做美容，修指甲或做美发，这些都是她在古巴喜欢做的事情。卡洛斯想当厨师，饭店都拒绝他因为他们是犹太人而卡洛斯不是犹太人。

他们不得不找到什么工作就干什么工作。丹爱达说，任何工作都不那么卑贱。她工作是为了给母亲寄送东西，她工作是为了将来把母亲接到以色列一起生活。她和卡洛斯已经攒够了回古巴的钱。她在等待。再次等待。等待返回某个古巴海滩。任何海滩都行。甚至古巴最差的海滩就足够了。

随后的星期五，我又给她打电话。在丹爱达接听电话之前，听着电话里那首希伯来语歌曲，我想，我怎么成了一位不做田野调查的人类学家。过去，为了找丹爱达谈话我必须去古巴。现在我只要坐在家里的椅子上，打打长途电话，做做笔记就行了。

这次电话吵醒了丹爱达。那是以色列晚上十点。我表示歉意。她说没关系。卡洛斯还在熟睡。她走到另一个房间，以便交谈。我再次抱歉。她说我真的不用担心。他们星期五晚上经常熬夜。但是他们俩回家后都筋疲力尽。他们冲冲澡，吃点饭，就直接睡觉了。她整个星期都在等待星期五的到来，只是为了睡好觉。她所需的就是睡眠。他们整个星期没有多少时间睡觉。她希望星期六永远不要结束，星期天不要那么快到来。

我还有其他的问题问她吗？

已经把她吵醒，我知道，再提出有关以色列—巴勒斯坦关系的问题肯定不是最佳时机。我试探地问道，现在那里的政治局势如何？一切都平静吗？

贝尔谢巴很平静，丹爱达说。她向窗外张望了一下。街上一个人影都没有。在新闻里，她听说哈马斯宣称他们下一个攻击目标将是贝尔谢巴。在他们从古巴到来之前不久，贝尔谢巴一辆公交车上的一个人体炸弹引爆了自己，公交车上所有人都被炸死。

你担心吗？

"世界上到处都有暴力，"她答道，"在古巴，他们可能在任何街角手持弯刀劈死你。在任何地方你都可能被袭击。"

偷了她的睡眠，我很不好意思。我说再见，问她是否有困难再次入睡。她说让我放心，一点困难都没有。只要头挨上枕头，她立即就能睡着。

在离开古巴之前，丹爱达告诉她的妈妈她不愿将自己的一生献给古巴，但已经做好准备在以色列度过余生。我希望她能不必如此。

我并不满足于做一位不做田野调查的人类学家。2009年10月，贝尔谢巴大学给我寄来一封讲学邀请，我迫不及待地同意去做三次讲座，这样我就可以当面和丹爱达以及乐维交谈了。

我到达当晚他们就过来看我。乐维已经瘦了很多，丹爱达胖了很多。在以色列的两年间，他们的生活被搞得乱七八糟。乐维和她的第三任妻子已经分手，她和她的女儿一起去了西班牙。他告诉我他从来不是怀旧的人，但是他现在有空就在电脑上寻找古巴爱情歌曲。他在古巴没有电脑。在到达以色列的时候，有人给他一台二手电脑。丹爱达和卡洛斯也分手了。他搬到了特拉维夫，在一家招聘拉丁美洲移民的汽车修理厂工作。丹爱达现在的男朋友是以色列人，是罗马尼亚移民的儿子。他身材高大，但显得闷闷不乐。

丹爱达和乐维必须共同努力学会说流利的希伯来语，以便和以色列人轻松地交流。他们最大的失望就是很难找到体面的工作。丹爱达说她在过去两年里所打扫的地板比她在古巴十八年里所打扫的地板还要多。她在一家花生厂打工挣钱支付手机话费。我想去这个工厂拍摄她工作的情况，尽管我想方设法获得批准，但是他们连门都没让我进。工厂外面满是花生粉尘和皮壳，可以想象工厂里面条件是多么恶劣。

为了成为美发师，丹爱达已经上了一所美容学校。她的老师是一位以色列同性恋者，其余学生都是带着面纱的贝都因妇女。老师说服了这些贝都因妇女摘下面纱，以便互相做头发。他们开始时拒绝摘下面纱。老师提醒她们说他是同性恋，而且对女人没有兴趣。她们最后同意摘下面纱，做完之后就戴上。丹爱达自己喜欢穿长裙，戴上纱巾——为了成为狄波拉，现在她用这个名字称呼自己，而在古巴她不可能成为这样的女人。

我在贝尔谢巴的最后一天是星期五，下午我们等乐维扫完楼梯，丹爱达当保安的男友下班回家之后，我们决定去死海转一圈。

到达海滩之后，乐维和丹爱达的男友拒绝脱掉他们的外套，即使他们里面穿着游泳衣。两人都不愿下水。我和丹爱达脱掉外套，穿上泳衣就下了水。

死海里的水和我以前体验过的任何海水都不一样。这里的海水重，盐分多，感觉如丝一般顺滑。因为海底的岩石，我不能向前游。

"来吧！"丹爱达向我喊道。

"有点痛。石头刮伤了我的脚。"我答道。

"它们不是石头，"丹爱达说，"那是盐，全是盐。"

我弯下腰，抓起一把漂亮的盐晶体。

丹爱达拉着我的手，我们一起向更深处趟去，直到我们感觉脚够不到海底，我们才停下来。然后我们放松身体，自由地漂在水上。我感觉我们的身体好像被全世界的流亡者和逃难者所流的眼泪托浮起来了。

当然，我想起《旧约》中的罗德妻子，想起了她如何被变成盐柱的故事，尽管被警告不要回头，但她还是回了头。

那天下午我就是死海中的一个盐柱。因为丹爱达决心只向前看，而我却回头寻找丹爱达，想起古巴温暖柔和的海水。

那天，我还不知道，如果我返回古巴再也找不到丹爱达，我将有何感受。她是我看着长大的女孩，我看着她手里拿着泰迪熊，就是这只泰迪熊使她产生了去遥远地方过一种新生活的梦想。

几个月过后，我和我的密歇根学生一起走过哈瓦那唐人街。我们的国外学期课程刚刚开始。古巴的每一件东西都让他们着迷，一切都显得那么阴森可怕，所以他们喜欢让我亲自带领他们。我走在前头，带领他们参观我的出生地，就像一只母鸡带着她的一群鸡仔一样。

我们在一个红灯前停下来，我本想转身对他们说，你们可知道，有一个年轻女孩曾住在离这儿只有几个街区的地方。她的名字是丹爱达，她现在称自己为狄波拉。她过去常常在我们现在走的这条街上散步。但是她已不在这里了。我在古巴见不到她。她离开了，就像我小时候离开古巴一样。我想念她，我不知道我为什么还回来。

我不想让我的学生伤心。毕竟，我把他们带到古巴是让他们在加勒比群岛最漂亮的岛屿之一快乐地学习。

"再见，丹爱达。"我轻声地说了一声，所以没有人听到。

那并非真的很重要。丹爱达已经远去。很久以前就走了。

丹爱达的故事还在继续。厌烦了在以色列所做的杂活，她去西班牙为一家以色列公司销售死海游泳产品和化妆品，她做了七个月。她的以色列男友因她离开以色列和她分手。后来，在西班牙，她遇到了另一个年轻人朱尼尔，一个来自多米尼加共和国的汽车销售员。他们坠入爱河。在她返回以色列后，他们一直通过视频和脸书（Facebook）进行交流，直到她到多米尼加共和国与他汇合。在 YouTube 网站上，有一段她到达圣多明各机场的可爱视频，在视频中她与朱尼尔相互拥抱，激情热吻。

现在她所用的名字是德碧，而且她很高兴找到了真爱。她说，朱尼尔是一个好小伙。他已经许诺帮她开一家美容店，或者更好一点的美甲沙龙，因为他姐姐已经有了一家美容店。他清楚丹爱达的犹太血统，并且请她教他希伯来语。按照犹太人的习俗，他把一个门柱圣卷钉在门框上。那些从来没有听说过门柱圣卷的邻居开玩笑说他安装了特殊的警报系统，当他去上班的时候可以保护丹爱达。朱尼尔已经彻底戒了猪肉，丹爱达告诉我，看到圣多明各到处都卖猪肉，她承认自己也流口水。但是每次她想屈服于诱惑之时，他告诉她，"不，德碧，我们不能吃。"在脸书网上，有一些他们在多米尼加海滩的照片，两人脉脉含情，看来他完全被她丰满的曲线身材迷住了。

他的家人都很热情。他母亲是一位基督教福音派信徒，当丹爱达在等朱尼尔下班回家的时候，她每天下午都过来看丹爱达。朱尼尔的母亲使丹爱达想起了自己的母亲。她们一起看肥皂剧，有时她们一起去他母亲的教堂。"不要想感化我，"她告诉福音教徒，"我来自以色列。"

以色列每个街区都有一座会堂。但是整个多米尼加共和国只有一座会堂，离她的住处有两个小时的路程。她说，有一天她会去。当然，她会去。

从密歇根和她在电话里聊天，我问丹爱达觉得多米尼加共和国怎么样。她说那里和古巴差不多，但是居住条件更好。好像几乎每晚都停电。

我了解到，她住在萨瓦那波迪达。我上网查找到这个地方，发现它是圣多明各最穷的地区。

但是他母亲很高兴丹爱达已经离开了以色列，她经常担心丹爱达会在恐怖袭击中受伤。

古巴很近，所以丹爱达很想把母亲接过来看看多米尼加共和国。但是她和朱尼尔目前还没有足够的钱。为了操办他们的婚礼，以及解决她的证件问题，他们已经用光了积蓄——实际上是朱尼尔的积蓄，因为她此时还一无所有，完全依靠朱尼尔。

我问她是否想念古巴。是的，她说，当她上网看到游客上传的关于哈瓦那唐人街或者马勒孔或者葛蓓莉亚的户外冰激凌店的视频时，她都忍不住哭了。但是回到那里生活吗？永不，她说，永不。她认为古巴的情况没有希望好转。当然，只有上帝知道。

那么以色列呢？我问，你想念以色列吗？

是的，她想念以色列。但是她最想念她的父亲。他选择独自待在那里，她父亲为了她才离开古巴的。

你从以色列带去什么东西？我问道。

我的祈祷书，她答道。

每逢星期五，她就穿上长裙，蒙上头，有时她还点燃蜡烛。她祷告——一个人。她说，她用希伯来语向上帝和她的人民祷告。

在我们开始互道再见的时候，我看到了丹爱达一张忧郁的图片：一个22岁姑娘，一个在热带地区孤独的犹太人，一位坚守自己犹太身份的鲁滨孙·克鲁索，她的父亲从小就在她身上培养了这种身份，那时她还在抱着一只泰迪熊。她曾打算永远待在以色列，打算永远留在她父亲身边，打算通过努力工作养活古巴的母亲，并把她接到以色列。但是来自加勒比的一个好人赢得了她的芳心。她相信爱情，相信浪漫。也许在以色列辛苦工作四年之后，她意识到，作为一位非裔古巴妇女，她必须永远为适应社会而奋斗。在被看作犹太人之前，她曾被看作阿拉伯人。这是肤色的问题，在多米尼加共和国，她的肤色是合适的肤色。那里的人们像古巴的人们一样友好随和，他们带着笑容，在街上互致问候，那时她感觉很舒服。但是，以色列还是她的一部分。在萨瓦那波迪达，她还死守着自己的犹太身份，即使脱离了它的语境。

在我们挂断电话之前，她告诉我她想再看一遍《再见，吾爱》，看一看自己小时候在古巴的样子。她想把这影片放给朱尼尔和他的家人看。我答应给她复制一份，要了她的地址。她给了我朱尼尔的全名，然后她又问他要了地址。我们在打电话的时候，他一直坐在她旁边。她一个字一个字地把地址重复给我，我感到很吃惊，在过去两个月里她竟然不知道自己住在何处。她目前好像选择听任自己的意志——信任一位照顾她的好男人。她又在等待，等待即将到来的未来。

离开古巴曾经是她的目标——永远离开古巴。她长途跋涉，一直到达中东地区，在西班牙停留了一下，结果又回到了加勒比地区，来到了她曾经抛弃的岛国附近的岛国。她得到了畅游世界任何地方的自由。但是世界比她想象的更大。所以她中途选择回到和故乡差不多的地方。

丹爱达和朱尼尔结了婚，把自己的照片贴到了脸书上，她穿着一件白色的婚纱。不久，她又贴了穿孕妇服的照片，手抚摸着她自己的肚子。后来，她又上传了《国家地理》的一段视频，视频是一个孕妇的生产过程。她还兴奋地写道，她开始感觉到胎儿踢她的肚子。

我在追踪她在脸书上的动态，我觉得我是在窥探她觉得自己生活中有什么值得发帖的消息。在这篇文章即将发表的时候，我需要补充的是：在2011年8月6日凌晨一点，我通过脸书得知丹爱达刚刚生了一个女儿，名字叫娜奥米·贝特利。家人和朋友都送上祝福，在她空间的一角写满了对新生儿的赞美。有一个人写道，她是一个洋娃娃。和往常一样，我在这个名单末尾给她送上我迟到的祝福。

我仍然能够想起丹爱达在哈瓦那抱着泰迪熊的样子，那是来自"外面的世界"的最初诱惑，诱使她离开祖国。现在她成为一位母亲，但是已经不在古巴。不需要慈善救助，她也能够给她自己的孩子买到泰迪熊。

那是她旅行的终点吗？

这不是由我来决定的。我只是她生命中的人类学家。

我只是知道我会永远用她的古巴名字称呼我这位年轻的朋友，丹爱达，这是她留在古巴岛上的名字，我们俩都属于这座岛。

我只知道我会讲述她的故事只要她让我讲，只要她容许我成为她的希望和梦想的档案管理者、成为她记忆的记录者，默默支持她的那个人，因为她认为唯一的未来是在别处。

我多么希望我可以给丹爱达更多。

我所能给予她的，确切地说，就是我所亲眼看到的。

康斯埃立特、佩佩、克里斯蒂、艾蒂尔伯特挥手说再见

———

哈瓦那

2011 年，加布里埃尔·弗莱—贝哈拍摄

克里斯蒂总是祈祷我安全返程

被几个人"标记出来"之后，其中有家人、有我熟悉的朋友，还有我根本不认识的人，我决定加入脸书。我非常小心谨慎，因为我害怕脸书会像电子邮件一样浪费时间，所以我只贴出了个人基本信息。不久我就拥有了 100 位朋友，然后到 200 位。我立刻明白了脸书的诱人之处。后来有一天晚上，我花了几个小时看朋友的资料和他们空间上的帖子，我突然意识到，被别人混乱无序的琐碎想法和无耻行为所困是多么容易。我发誓尽量少在脸书上出现。

克里斯蒂是其中一位把我"标记出来"的人，而且她不止一次标记过我。现在我加入了脸书，她经常给我发消息。她的消息成批地到来，像扔到海里的漂流瓶一样，堆积在海岸上成为垃圾。在古巴上网不易，当能上网的时候，她疯狂地发消息。在我生日时，她给我发了一张玫瑰照片作为生日礼物。她还发给我一张"性感男"

照片，我还没有打开看。她发给我回答测试题的请求，如："你是哪一个天使？""你是积极的还是消极的？"我也没来得及回答这些问题。她已三次请求加我为脸书"亲戚"，尽管我们不是亲戚。我不知道是否该确认，于是我就没回应。

小时候，克里斯蒂和我是邻居。我只比她大两岁。我们住的公寓之间相隔一间大厅，面对面，一模一样的公寓，克里斯蒂和她的父母，康斯埃立特和艾蒂尔伯特，住在一起。因为艾蒂尔伯特是一位革命者，所以在革命之后她父母选择留在国内。妈妈告诉我，在我们离开古巴之前，她和爸爸对艾蒂尔伯特谎称我们去度假，很快就回来。

对克里斯蒂来说，能够在脸书上交流是一种救命索。在古巴，她有一种像船失事了一般的感觉。她和她丈夫佩佩、他们30岁的女儿莫妮卡以及她的父母住在那套两个卧室的旧公寓里。这套公寓位于哈瓦那的维达多街区，这个街区已经失去了昔日的繁华，但仍然福荫四邻。对克里斯蒂来说，这栋五层楼就是她所知道的唯一的家。她从来没在其他地方住过。她们家在一楼还另有一套公寓，但是这套公寓属于她母亲的两位未婚姨妈。在她们死后，克里斯蒂获得了这套公寓，把它变成了出租房，以养活全家人。"多亏那套公寓，我们才能吃上饭。"她经常说。这套公寓里有几张新床、一个新炉灶、一台新冰箱、新的窗帘，还有空调。这些奢侈品是克里斯蒂和他的家人为游客们准备的，并不是为他们自己所用。

每次我去古巴旅行，我都去探访克里斯蒂和她家人。克里斯蒂和我无所不谈，谈她的生活以及她的挫折。她患上痤疮，我给她带来了她要的露得清肥皂。我给她带来了世界各地的新闻。她还可以看一看我所穿的衣服鞋子的最新款式，但是还比不上她的性感穿着。她喜欢穿短裤或者紧身碧绿迷你裙，还有四英寸松糕凉鞋。她也很喜欢炫耀她的脂肪。

我来去如闪电，一会儿消失，一会儿出现，像变魔法一样。因为我在古巴逗留的时间很短暂，所以我总是来去匆匆。克里斯蒂试图想让我慢下来，坐下来，不做任何事情，但是我从来都做不到。在他们家里，康斯埃立特和佩佩做一日三餐，而且为我准备了美味，一些简单的饭菜，如豆类和大米、西红柿沙拉、油炸香蕉、芒果片，这些都是我爱吃的东西，但是克里斯蒂已经吃腻了这些东西。我吃得很快，克里斯蒂带着疼爱和渴望的眼神看着我。如果她的父母在菲德尔·卡斯特罗掌权后做出一个完全不同的决定，克里斯蒂现在可能成为像我一样的女人。当她父母在房间里的时候，克里斯蒂总是习惯大声宣称："你很幸运，露蒂，你的父母救了你，他们把你带出去了。不像我，我的父母让我留在这里受罪。"

克里斯蒂喜欢说她想去世界其他任何地方就是为了能够离开古巴。"但是我不能把两位老人留在家里，"她又迅速地补充道，指向她的父母，"所以我就困死在这里。"她已经申请了邦博美国移民抽奖。尽管她对渺茫的机会没抱多大希望，但是我知道，克里斯蒂喜欢她的父母，而且原谅她的父母选择让她留在古巴。每一天都和爸爸妈妈接触，每一天都能够责骂莫妮卡熬夜不睡觉，这才是她真正认为有价值的唯一生活。

未能体验过生活在别处的滋味，克里斯蒂把空闲时间都用在因特网上。她用的是借来的虚拟网关，可以上更多网站，比大多数人所能上的网站多，因为那时，互联网在当地被政府控制。在脸书上，她可以间接地去往世界各地，和像我这样的朋友保持联系。这些朋友自称为古巴人但是他们已经不在岛上居住。

2008 年 11 月，我开始在脸书上发出我的第一封在线邀请，邀请朋友参加在迈阿密书展上我的一本书的发布会。我很紧张，不知道应该把邀请发送给谁，只发给那些真正可能参加活动的朋友吗？或者所有我脸书上的朋友？我发现，有些人把在线邀请发给每一个人。显然，克里斯蒂不能参加迈阿密书展。那么，发给她是不是有点残酷？但是如果不发给她，感觉也不合适。我决定，这封在线邀请只是让克里斯蒂知道我出版了一本新书的方式，这是一部关于古巴侨民的文集，在文集中，我提出了古巴是"一座便携岛"的概念。

在古巴，人们总是梦想去其他地方。这归咎于"革命天堂"的到来被永久推迟的事实，归咎于发展滞后和新殖民主义对所有加勒比地区国家的侵袭，归咎于更原生的东西，即生活在岛上的人们，眼睛易于被对海外陆地的幻想所遮蔽。特别是自 1959 年以来，古巴人已经变成一个高度流散的民族。我们住在世界各地，从阿根廷到澳大利亚都有古巴人。现在有百分之二十的古巴人居住在国外，我们是由许多漂流岛组成的民族，一个不断旅行的民族，一个不断探索的民族，但是从来没有找到故乡。古巴人是世界上最擅长说再见的民族。但是仍然有百分之八十的人非常熟悉故乡的位置，甚至也许只知道故乡的位置。他们不但向那些出国的人挥手再见，而且也对那些回国的人表示欢迎。

克里斯蒂从来没有坐过飞机，但是她很了解我害怕飞机失事。"不要担心，露蒂，你没事。我会向慈悲圣女为你祈祷，你将一路平安。"

我很高兴克里斯蒂为我祈祷。我相信她的祷告有用。

对克里斯蒂来说，这座岛不是触手可及的。她自出生以来就住在她现在住的公寓，和大厅对面的我本来可能要住的公寓一模一样。她的岛被钉在海上。

我猜我不应该感到惊讶，如果克里斯蒂是第一个回复我的在线邀请的人。她在邮箱上做了标注，说她来参加。她发了一个帖子说她将在迈阿密等我。她计划早点到达，她说。于是我就想象到她忧郁的笑容。

我知道，最好不要告诉克里斯蒂我多长时间外出一次，我多么频繁离家，如果我的家是密歇根。在这里我供职于一所很大的大学，大学之大以至于我只认识一部分我的同事。在这里，我有一栋房子，我们给它涂上热带的色彩，海洋绿和宝石蓝。当下雪的时候，这样的颜色才令我兴奋。如果克里斯蒂发现我不能每天都看到我的父母，也不能每天看到现在已经长大成人的加布里埃尔，我像一个孤儿一样在世界各地东奔西走，她将会多么伤心难过。

我是一位富有的孤儿。我每年旅行长达 5 万英里①，我是金质勋章获得者。我和其他优质乘客一起挤上飞机，我去过欧洲，我去过拉丁美洲，我去过加利福尼亚，只要我想，任何时候我都可以去

---

① 约 8.05 万公里。

迈阿密。现在我年纪大了，我喜欢像汤一样温暖的海洋。小时候，我就失去了古巴。但是我获得了一生乘飞机旅行的生活，来往世界各地的生活，在世界各地之间奔波的生活。

不论我如何想念曾经称之为故乡的岛，我对任何一个地方却都不感激。我没有被困在任何地方，但是我也从来不确定我是否属于任何地方。

每次我在去哈瓦那的途中去迈阿密海滩看巴巴的时候，她都问我，"你在古巴失去了什么？"她想让我忘记古巴，继续向前。

但是我没有听她的话。不论我在古巴失去了什么，我都能够找到。经过如此许多返程之旅，我觉得好像古巴又是我的。我是古巴美国学者、艺术家和作家团体成员之一，我们去古巴的时候，还没有美国人去过。我们很勇敢。我们很幼稚。我们坚信只要古巴人和其他古巴人交流，我们就可以把这个岛修复得完完整整。我们试图认为我们的美国身份毫无意义，只不过是一副面具罢了。我们想撕下这副面具，露出我们的古巴真容。我们提出和谐的允诺。我们梦想用我们共同的文化、记忆和语言建一座沟通之桥。

一切都毫无价值。

后来大炮来了，有钱、有关系、有权的男男女女开始发号施令。他们成了美国人，真正的美国人回来了。雷库德来了，重新组建了远景俱乐部。纽约现代艺术博物馆的管理者们到来了，他们带着满箱子艺术品回到了第五大街。摄影师们发现哈瓦那的废墟和庞贝的废墟一样迷人。他们把哈瓦那的形象营销成有魅力的幽灵城市。学生们冲过来抓住了一些热门话题：性旅游和萨泰里阿教。医疗团体带来的阿司匹林消灭了天生的和后天的头痛。宗教团体带来了《圣经》和耐克 T 恤衫。源源不断的美国犹太人团体来告诉那些少数古巴犹太人他们并不孤单，从现在起直到天堂到来，他们永远不会缺少逾越节薄冰和面包，不再受折磨。

我看到我的美国同胞们一下子都跑过来，并且爱上了古巴。这是歌中之歌，美妙绝伦，我的岛如新娘一般美丽。她现在穿着漂亮的衣服，还有丝绸、珍珠和钻石。还有些我给她买不起的东西。

赞美古巴的声音越来越多，越来越大，但是我的声音沉默下来，变得渺小，无足轻重。

我又成为被人牵着手走出古巴的那个小女孩，他们鼓励我不要哭。

在我所居住的密歇根大学城里，有许多美国人被我称为"古巴迷"，因为他们通过去古巴旅游进行修整，所以经常需要沉浸于古巴生活中。这些人经常高度关注有关古巴的新闻，而且他们每天会很高兴地把这些新闻用电子邮件转发给你。他们十分担忧古巴的独特之处将在不久的将来"一旦形势改变"就被扼杀。一位同意接受采访的古巴迷是这样表述的："古巴最吸引人的地方之一就是没有那些我在美国不喜欢的事情。你可以去巴厘岛或者泰国，但是仍然在街角可以看到麦当劳快餐店。看不到任何代表商业化世界的东西才是最令人满意的事情。那里没有美国的东西才是最大的解脱。"

我有一位住在城里的朋友，也是一位古巴迷，喜欢引用被遗忘的作家约瑟夫·赫格斯海默。古巴给赫格斯海默产生了不可磨灭的印象。他在 1910 年写道："有些城市乍看起来很陌生，但是比故乡还靠近心灵。"我朋友说这句话准确地反映出他对古巴的感受。他去过古巴 22 次，后来娶了一位古巴老婆，但是，奇怪的是，他们最初是通过因特网相遇的。最后，他把他的妻子带到密歇根，不久她就生了他们的女儿。"现在我真的有家有口了，"他说，"我的家就在那里，因为我娶了一个古巴人。"

我能说什么？谁现在和古巴更近？我还是我的朋友？我离开古巴的时候还是个孩子，而且古巴也不会再有家庭；我的朋友是密歇根本地人，还不会说西班牙语，但现在他在那里有了家庭。如果一种身份，像从图书馆借出的书一样，有到期日期的话，我的身份肯定已经过期，而且对继续持有这种身份的罚款只会越来越重。

正如伊丽莎白·毕肖普告所说："要习惯把一些地名、人名以及你想去旅行的地方忘记，越彻底越好，越快越好。"

我一直在努力。

我有几天没有收到克里斯蒂的信息了。我怀念她的信息。只要她给我写信，只要我们紧密相连，因为我们小时候曾是邻居，我就能希望我还没有完全失去古巴。前天夜里，我感到有些意志消沉，我就登陆了脸书。我突然想到我忘记祝贺克里斯蒂的生日了。我晚了三个星期。我给她发了一条信息，表示抱歉，我不擅长记住这些日子。我还不知道如何发送玫瑰图片和"性感男"图片，所以我的信息没有她发给我的花哨。我在想，我应该接受她的邀请，成为她的脸书"亲戚"。那么，现在宣布我的家还"在那里"，是不是太晚了？

　　在虚拟现实中，一切皆有可能，时间、空间、禁运和海洋边界的限制都不适用，克里斯蒂早就"到了"我在迈阿密的图书发布会。

　　而我却在蜡烛燃尽之后才到达她的生日聚会。

哈瓦那一位名叫露丝的小女孩

————

1959 年，拍摄者佚名

一位老女孩

在最后一刻，我才发现那次旅程，并且恳求他们给我一个位置。"我必须去，拜托了！"我宣称，"我在那里出生！"尽管他们已经停止接受申请，组织者终于还是同意我作为一个例外，让我参加了那次访问之旅。那是 1979 年，我第一次返回古巴。我参加的是由普林斯顿大学的一群教授和学生所组成的大学官方访问团。

冬天已经到来，天气寒冷刺骨，但是我却跑到拿骚街上去寻找适合在热带地区穿的衣服。一家商店的角落里的货架上挂着一件最合适的衣服：一件减价白色露背连衣裙，只是女售货员有些傲慢。这件裙子有些肥大，并且我不带乳罩才可以穿，这在那时没有问题。我才 22 岁，可以穿上玛丽莲·梦露的标志性飘飘裙。

在人类学研究生学习的第二年，我梦想过返回故乡去做我的毕业论文研究。卡特政府结束对古巴的禁运的谈判正在进行之中。在美国和古巴中断 20 年的联系之后,终于有了和解的希望。

但是古巴政府仍然担忧资本主义的威胁,只允许美国人每次访问时间不超过一个星期。在没有人护送的时候,我们访问团不允许迈出哈瓦那一步。我们住在著名的国家宾馆,这里曾经住过像弗兰克·辛纳屈一样的名人。这家酒店位于海边一段悬崖,俯瞰马勒孔的海滨大道,还流露着昔日的辉煌。仔细一看,你就会发现它多么破旧不堪。空调停止了工作,卫生间里也没有马桶,床上用品都破破烂烂的。我们不是不想待在房间里。每天,我们都被带上一辆巴士去听关于革命胜利的故事。我们唯一一次去哈瓦那之外的短途旅程是去一家模范农场。一位穿着军装的强壮妇女介绍了农业的发展。作为聆听报告的酬谢,他们给我们端来了甘蔗汁。

我必须承认,那时我更担心如果去酒店之外的街区闲逛,我可能被绑架。在我这次返回古巴的旅行之后,我只穿过一次那件白色的露背裙,因为街上的男人嘴里喊着脏话,发着嘘声,砸着嘴唇,吹着口哨,紧紧跟在我后面,甚至想来摸我。我从来没有感到自己如此有魅力。但是作为一个年轻女孩,我从来没有感到如此危险。我想用修女的长袍把自己包裹起来,而不是在街上有一种裸体的感觉。

一天,我偷偷地从官方活动中溜走,坐了一辆出租车去看望我的老保姆卡萝。我不知道她是否还记得我,或者是否会让我进入她的家门。但是妈妈催我去找她。在我们离开古巴之后,她们还互相通信。我妈妈还保留着所有卡萝写给她的信。"你可以把你的性命交给她。"妈妈曾这样评价她。

我母亲是对的。卡萝的诚实在她最简单的行动中都可以表现出来。她一看见我就认出我是谁。她在一个鞋盒里保存着我们全家的照片，在这个鞋盒里，她还存放着她自己孩子的照片。她清楚地记得我小时候在古巴的情景。她一想到我那时多么要强，就感到好笑。她笑着说，在用浴巾给我在浴缸里擦洗的时候，她一次不小心抓伤了我的腿。"可怜的东西。"她用道歉的方式对我说，而我告诉她，"不要叫我可怜的东西，我不是可怜的东西。"卡萝十分热情地招待我，当我要离开的时候，她还问我何时回来，我告诉她，"快了，很快。"而且我说到做到。

但是我还没来得及规划下一次返程之旅，那些计划就泡汤了。一年后，在 1980 年，古巴和美国的关系变得比之前更加糟糕。

通往古巴的大门关闭了。我第一次返回古巴之旅再次以告别而终结。

由于不能去古巴，在之后的 12 年中，作为一个人类学家，我奔波于西班牙和墨西哥之间，认他乡为故乡。

1991 年，苏联解体之后，为了避免随之而来的经济和道德危机，古巴又开始对游客和古巴裔美国人开放。但是由于法律限制，一个人很难单独去古巴旅行，所以我报名参加了纽约的一个学习考察团，对古巴进行一个星期的访问，而且我要大卫陪我一起去。那时，我已成了母亲，也很想带着四岁的加布里埃尔，但是孩子不允许随团旅行。和他告别时，看着我的父母把他扣在儿童座椅上，我觉得我好像抛弃了他一样。妈妈和爸爸警告我说我可能被扣在古巴，永远再也不能见到孩子。

一到古巴，我就感到阵阵恐慌袭来。我第一次回国之旅恍若一梦，但是第二次回国就是一场噩梦。我想念加布里埃尔，他和我离开古巴时年纪一样大。和大卫在马勒孔街上散步的时候，我头晕目眩，双腿软弱无力，差一点倒下。为了防止栽倒，我一直抓住大卫的手。我像树叶一样在风中摇摆，温柔的海风都可以把我吹到。我看到什么都想哭。

但是，令我感到高兴的是，这里的人们说话很甜，出口就互相称呼为我的爱人或者我的天空。我悲伤地告诉我古巴的那些新朋友我小时候就离开了古巴，不知道什么时候可以继续拥有古巴身份，他们告诉我古巴仍然属于我。我没有失去它。生于古巴就永远是古巴人。

所以，我一次又一次地返回古巴。我曾经经常和大卫一起去西班牙和墨西哥，后来也带着小加布里埃尔。现在我成为一位孤独的旅行者，一位执着的旅行者。渐渐地那种恐慌平静下来，我可以独立行走了。在整个 20 世纪 90 年代以及后来的新世纪头 10 年里，我频繁地返回古巴，有时还没有来得及打开包裹，又得启程。

起初，是因为怀旧我才返回古巴。我的怀旧感是天生的，因为我那时对古巴没有什么印象，但是这并没有减轻我浓浓的思乡之情。在那些我们离开古巴时母亲收拾的家庭老照片中，我看到过我作为古巴小女孩的样子。我想站在我小时候站过的地方：在帕特罗纳托犹太会堂前面，在我们维达多旧公寓的阳台上，在维克多雨果公园里榕树下的茅草凉亭里。但是最终这些浪漫的渴望不得不让步于我的研究计划，这是我的功课，我要把这些以学校的名义所做的科研活动写在我的年度总结报告中。我把那些在古巴岛和不在古巴岛上的古巴作家、学者和艺术家联系起来。受杜尔塞·玛丽亚·洛伊纳斯作品的启发，我写了一些诗歌。我研究过那个微型犹太人社区，如果我们留在古巴，这个社区也可能就是我的社区。我成为一位"职业古巴人"，在寻根过程中开创了一份事业。

这些古巴之旅通常只有一到两个星期，随后我就得赶快返回密歇根。能够回来总是令我高兴，能够出去也同样使我轻松。我内心就是一位移民。尽管我很感激能够重获古巴，但是我知道我在美国这种视为当然的流动性也是不可放弃的东西。我看到我的那些古巴艺术家和作家朋友们为获得出国批准而遭受官僚体制折磨。虽然我很喜欢听哈瓦那不绝于耳的街头叮叮当当的嘈杂之声，喜欢呼吸浓郁的雪茄和海盐味道，喜欢和我的古巴同胞们一起朗声大笑，但是我不得不承认，当这一切都结束之后，我也很喜欢我在密歇根的维多利亚式房屋的那种安静。

返回与大卫和加布里埃尔在一起的舒适家庭生活，我可以享受安逸的日常，一日三餐，正常就寝，这才能给我安全和平静。直到我又产生了去古巴的渴望，去感受一种犹如坐过山车一般的情感刺激，刚开始的恐惧不安总是与热情的欢迎以及高涨的活力混合在一起，每时每刻都充满了紧张烦躁。在古巴生活就像一首即兴演奏的爵士乐。只有在这里，我醒来时有一套清晰的计划，但是自己却做出最意想不到的事情，这在世界其他任何地方都不会发生。我去和一个朋友吃午饭，但是该出发的时候，我没有叫出租车，却坐在一个邻居的摩托车后面，冒着生命的危险穿过哈瓦那的大街小巷。

20 年过去了。正如一首流行歌曲所唱的，*20 年什么都不是*。但是 20 年毕竟是 20 年。在这 20 年中，我在密歇根的生活好像在梦游中度过一样，只是权宜之计，总是等待着去古巴的下一次旅行。当我开始往返密歇根和古巴时，我才 30 岁出头。我那时还年轻，但是我并不明白这一点。当我在哈瓦那街头散步的时候，我不再担心被人绑架。我年纪大得有足够的信心。男人们也有充分的理由收敛一些，因为那是饥荒肆虐的"特殊时期"。但是那些男人还是小声地冲我吹口哨。我记得，有一个男人求我陪他走到世界的尽头。

现在回古巴，情况大不相同。我已经五十多岁了，我也不能再希望吸引男人们炽热的目光。虽然我很健康，可以跳舞、穿高跟鞋、染发，但是我已经是中年妇女。我受到的是另一种表扬，好像我是一件在博物馆里保存完好的文物一样。有一个比我大很多的男人，穿着一件平整的短裤和一件白衬衫，显得很讲究，走过我身边不久之后对我说："你看起来不错，夫人。你锻炼身体吗？节食吗？恭喜你保养得这么好。"

他们称我为夫人，而不是小姐。

这就是我为什么知道这 20 年没有虚度的原因。

我突然想到我可以在古巴待更长时间，如果组织一学期国外学习，我就可以逃离密歇根最无聊的冬季。像普西芬尼一样，我会在最寒冷的时候离开，然后在春天回来，那时大地上已布满了水仙花。在过去两年的冬季，我都带着密歇根大学的一些本科生去古巴。我从未想过这是我的命运：成为有关我的故土方面的一位老师，一位女学究。我开了一门课程，把古巴岛以及岛上的居民当作我们的教室，我们去参观哈瓦那以及各省的博物馆、艺术家工作室、种族社区和建筑瑰宝。我们参加萨特里阿宗教仪式，我们攀登塞拉马埃斯特拉山，这里是菲德尔和切·格瓦拉计划革命的地方。在另一门课里，我教学生如何创造性地写他们在古巴的见闻。我和他们在一起的时间长达数小时，比在密歇根大学花的时间多得多，在学校我只和学生在班里见面，或者在每周办公时间见面。我自己认为这是值得的。像念咒语一样，我低声地说："你在古巴，你在古巴，这难道不是很好吗？"就这样，日子一天天地溜走。

待在古巴岛上的三个月期间，学生们住在豪华公寓式的寝室，可以俯视美丽的马勒孔街区和波光粼粼的大海。"豪华公寓"这个词传达的是高大壮丽的形象，但是这座大楼急需修缮和重新粉刷，另外，大楼电梯几乎不能使用，楼顶的游泳池也已干涸了数年。当然，学生们还是很喜欢这种在哈瓦那的艰苦冒险生活，他们称之为勇敢的都市风格。实际上，他们的生活并不那么艰难。一位心地善良、喋喋不休的老婆婆和她勤劳的孙女为他们做早饭和晚饭，替他们打扫房间，当他们孤独时陪伴他们。学生们在他们的公寓里就可以上网，在古巴，这可是一种非常难得的奢侈。

看到我的学生如此融入古巴生活，我也非常感动。他们学会了古巴人的举止，开始省去单词后面的辅音，而且还有勇气去坐公交车。每一个学生都想留下他或她自己永不忘记的古巴经历：他们在各方面找到自己的古巴同伴：打网球的、踢橄榄球的、滑滑板的、写诗歌的、学戏剧表演的、做瑜伽的、研究心理学的、唱歌剧的、唱饶舌的、酿啤酒的、研究酷儿理论的，等等。他们想学会如何从康茄鼓上敲打出美妙的音乐，他们还想学会如何在跳萨尔萨舞时不显得那么僵硬。他们需要古巴朋友。他们不想只做游客。他们最不想被看成有特权的"玉马"（yuma），这是古巴人对美国人的俚语称呼。无可避免，我必须帮助学生实现他们的古巴梦想。他们必须与志趣相投的人保持联系，他们需要指导和培养，但最重要的是，要让他们快乐。在我的岛上过得不快乐？这几乎是不允许的。当然我不能这样说。我必须对学生的需求始终保持敏感，成为他们最完美的向导，带领他们找到他们自己的古巴。

2010 年在那里当老师的时候，我遇到了一位在进行档案研究的同事，她在哈瓦那的一家五星酒店住了一个星期。她腼腆地笑着问我："给这些本科生做保姆快乐吗？"我的脸沉了下来，她竟然叫我保姆，我才知道我放任自己跌到了学术阶梯的最后一级。"是的，"我答道，"很快乐。"后来我问自己，是不是快乐？我又重复了我的口号：我可以在我出生的国家待更长时间，而且可以避开寒冷的冬天。

作为一位选择古巴的中年女教授简直有受虐倾向。岁月不饶人，带着这些二十多岁的年轻人逛古巴时，我才彻底感觉力不从心。我的学生大都是女孩子，我觉得自己对她们十分关切，害怕她们受到骚扰，或者，如果她们爱上的古巴男友只是想利用她们离开古巴，她们将会心碎。我也忍不住对这些年轻姑娘有些嫉妒，这些轻信的洛丽塔们，她们的好奇和天真引起各个年龄阶段和各行各业的古巴男人的注意和色欲。当她们听到嘘声和赞美，或者被人盯着看时，我总想保护她们，把她们用斗篷包裹起来带回家，但是我意识到我被忽视，如同隐形人一样。看到学生风华正茂，穿着我不再穿的露背装，我敢不敢承认自己非常难过？更不要提那些我在年轻时也不敢穿的短裤了。

但是，不管我感到自己有多么老，我将永远是古巴的一个小女孩。小时候离开古巴时，我没有选择。我确实有些政治无知，但是也受到温柔的欢迎。当地人摇摇头对我说："她被带出了古巴。"在古巴岛上，我永远是一个小女孩。我越来越感觉到自己是一个**老女孩**（有点可悲），我用钩针编织的披肩盖住自己松弛的胳膊。我忠诚地返回古巴，目睹了古巴希望的破灭。我想，在这么多年过后，我成为古巴岛未来的一部分，是不是太晚。如不能参与古巴的未来将是我不可承受的损失。

我父亲宣称，如果从基韦斯特到哈瓦那的轮渡开始运行，他就回古巴。有消息说这种服务很快就开通，但是我怀疑他是否会坚持自己的诺言。我的母亲不明白我为什么要组织密歇根大学的学生去国外学习一学期。她认为我被派往古巴，带着任务驻扎在那儿，就像去服兵役一样。我不想纠正她的印象。我从多年的经验中学会了狡猾和沉默。我所知道的是我去古巴岛的旅行使父母非常焦急。他们仍在为我担心。他们的担忧像笼中鸟一样被我揣在怀里，不管我回古巴多少次。虽然是当地人，但我必须带着古巴护照旅行。我是不是美国公民并不重要。离别的场景会在我的脑海中一次次重演，因此，每次在古巴土地上的最后时刻我都非常害怕。在检查完我的古巴护照时，移民官员总是皱着眉头，不愿放我走。我担心，如果他们不让我出境，那该怎么办？

　　虽然我是一位老女孩，但是我经常希望父母能够牵着穿着高跟鞋的我走遍我们哈瓦那那些破烂不堪的街道。街道上水泥路面被榕树根冲破，露出下面的红土。在我第一次带学生来古巴时，就在到达后几天，在我们以前住的维达多社区，我摔了一跤，右臂受伤，连笔也握不住。我也不能跳舞，因为在被带着旋转时，稍微扭一下，我的右臂就痛得钻心。在古巴的那三个月，淤青一直未消退。

　　我疲惫不堪，我觉得散文太理性，不能表达我这次经历所引发的情感，所以我写了一首诗：《我的城市中破败的街道》。其中几行如下：

　　　　我的城市街道已破败。

　　　　我跌倒。

　　　　受了伤。

　　　　几个月来我一直对自己唱

　　　　一首古老的摇篮曲

　　　　这样我才可以入睡，

　　　　这是一首

　　　　妈妈经常唱给我听的歌——

　　　　这位漂亮的小女孩

　　　　在白天出生

　　　　她想被带到

糖果店。

当我带着第二批学生回到古巴时，我走路就非常小心，慢慢地，不慌不忙，充满恐惧，好像整条街道要把我吞掉似的。

过去，我的入境许可只允许我在古巴滞留几天，几天之后就要离开。所以我在行李箱里装的东西不多。在古巴待一两个星期，带的东西不多也不要紧。但是，现在我的旅程是三个月，我就想把整个家扛在肩上。由于年纪越来越大，我也不愿意将就，必须有舒适的环境。

每次古巴旅行之前都要去银行。因为和大多数商品和服务一样，古巴的房租必须用现金支付。在出发之前我去银行取出一大笔钱，用于支付三个月的房租，还有学生的饮食费用、旅行费用、听讲座的费用以及意外开支。在密歇根，银行出纳员都很谨慎，他们眼睛都不眨一下，也不问你带这么多钱去哪里。但是我仍感觉像骗子一样，带着一叠装满百元美钞的信封走出银行。

然后我又得在行李箱里装满我预计需要的、而在古巴又找不到的各种东西。

我沉重地旅行——也许这是因为我和家人一起在古巴革命初期就离开了古巴。那些离开古巴的人因拒绝共产主义而受到了惩罚，被迫放弃他们的实物财产。直到今日，那些占据我家在哈瓦那公寓的人仍然在用我们的餐桌、沙发和属于我父母的卧室梳妆台。妈妈和爸爸只能把一只行李箱带出古巴。现在我带来四个巨大的粗呢布行囊，还有两个鼓囊囊的随身行李包。

那么我回古巴时带了什么物品？

让我从最令人难为情的物品开始。我承认我带了卫生纸，查明超柔卫生纸。古巴短缺卫生纸。能找到的卫生纸都十分粗糙。在大多数政府大楼，如果你幸运的话，你可以找到几张插在空置的自动取物机里的古巴全国性报纸——《格拉玛报》。

密封袋：各种型号的，带有夹链封口，这在古巴根本找不到。没有它们时，你才能想到它们的好——对于储藏或分装食物这样简单的任务非常有用。

我还带了特百惠保鲜盒。这在古巴特别贵，而且很难买到，质量还差。像密封袋一样——买不到时，你才想起它们的用处。

我准备了一些折叠包放在手包里。古巴的商店从来不提供购物袋。店员囤积购物袋在旁边销售。

我带了一堆松软毛巾、几张棉缎床单和两个枕头。真有些不好意思，我想我习惯了的亚麻布，而不是古巴的那种低劣的旧床上用品。我还带了一件淡蓝色的羊毛毯，上面绣着朵朵云彩。古巴的冬天是一种潮湿的冷，让你感觉好像骨头在海水里浸泡了一夜一样。

我带着肥皂（象牙牌）、搓澡巾（悦木之源）、护手霜（欧舒丹）、洗发液和护发素（科颜氏）、头发保湿油（摩洛哥发油）、化妆粉底（阿玛尼）、眼影（迪奥）、眼线笔（罗拉玛斯亚）、睫毛膏（兰蔻）、口红（香奈儿）和唇彩（魅可）。

我带的医疗用品有邦迪创可贴、抗胃酸钙片、布洛芬、抗组胺剂和一包放在床边的舒洁纸巾，还有很多可以放在手包里的小包舒洁纸巾。便携包装洗手液也是必需的。我带了几瓶在公共厕所用，那里没有肥皂。

当然我还带了一台笔记本电脑和几本空白笔记本用来写东西。我总希望在古巴可以写很多东西，但是到达古巴之后思维好像枯竭了一样。生活把我吞噬，并在消化我。我的情绪一会儿极度高兴，一会儿彻底沮丧。我随手乱写了一些东西，但是直到回到我密歇根的橡树书桌前我才能认真写作，隔着一定的距离召唤对古巴的记忆。

至于衣服，我带了太多黑色衣服——成堆的黑色裤子、黑色打底裤、黑色短裙、黑色上装、黑色羊毛衫以及黑色连衣裙。黑色衣服看起来十分优雅，身材也显得苗条。这就是许多女教授穿黑色的原因。在古巴，这是应该避免的颜色。我因穿太多黑色衣服而受批评。古巴人说黑色吸热，阻止了萨泰里阿教奥瑞莎神的祝福。但是我不听，继续穿黑色衣服。

我属于那一类只有穿高跟鞋才感觉衣着得体的女人。我在一只行李箱里装了几双比较舒适的高跟鞋，各种风格、各种颜色、各种品牌都有（宝恩仕、爱柔仕、健乐仕、杰恩托斯），哈瓦那的街道就是对这些鞋子的考验，看看这些鞋子会不会给我越来越敏感的拇趾囊肿带来负担。最近我选择穿人字拖鞋（或者是带着舒适厚鞋底的夹脚趾拖鞋，因为我现在越来越害怕跌倒在破败不堪的街道上），把高跟鞋放在一个手提包里，在离教室一个街区的地方换上，希望走讲教室时自己看上去高一些，也更专业一些。我还带了两双萨尔萨舞鞋和一双带着紫色细高跟的探戈舞鞋。探戈舞在哈瓦那开始流行。阿根廷大使馆每个月主办两次探戈舞会，在普拉多街上曾是犹太人聚会厅、现在是阿拉伯文化中心的地方举行。我在那些离开古巴而永远不回古巴的幽灵中间跳舞。

因为我不读电子书，在2010年去古巴的时候，我带了一整箱书。我没有时间把这些书都看完，但是有这些书在我床头，我才感到安心。当我把这些书的事告诉克里斯蒂的时候，她非常困惑地问我："这么多书？你需要带的是一箱子食物。"她告诉我有一群租她房子的意大利人从意大利带来各种食物：意大利面、西红柿沙司、奶酪、橄榄油、罗勒和意大利辣肉肠。

克里斯蒂说得有道理。我想念所有在古巴吃不到的食物，古巴的饭菜中缺乏纤维。商店里有斯帕姆午餐肉、来自美国的冻鸡腿（因为美国人只吃鸡脯肉）、日期很久的罐装食品、发黄的蛋黄酱。即使有钱，在商店里能买到的大部分食物质量也都很差。古巴商店里从来不缺啤酒、朗姆酒和甜苏打水。只有在农村的集市上才可以买到新鲜的水果和蔬菜，但是都已经熟透，必须立即吃掉，否则很快就会腐烂。

所以在2011年去古巴的时候，我只装了几本书，并装满了一箱从乔氏商店和粗粮商店买来的食品：全谷物混合煎饼、全谷物玉米饼、燕麦卷、亚麻籽粉、糙米、杏仁、核桃、松子、花生酱、橄榄油、能量棒以及绿茶。

我装了一只自鸣水壶、一套不粘锅煎锅，以及一些量杯。

我倒空了佐料柜，把咖喱、姜黄粉、生姜、欧芹、孜然、月桂叶、牛至叶以及一瓶辣酱装进行李箱。

我额外携带了一些复合维生素片以及巧克力钙片。

谈到巧克力，我承认我为了自己的口福无法忍住不带。我带了三条巴塞罗那牌巧克力，每天吃一小块，这是孚日省最昂贵的巧克力设计师所设计的甜点。

我像松鼠一样为过冬储存了许多坚果，够在古巴度过一个冬天。我很想把第一世界运送到第三世界，在我的行李箱里装满了代表着我在安娜堡的资产阶级生活的物品。如果我父母没有离开古巴，我将永远不会接触这种生活。看一看，我现在正尽力把一切都带上。我这么贪心，真是令人羞愧，但是我对物质的需要战胜了我的羞耻感。而这更加使我感到羞愧。

汤姆斯·古铁雷斯·阿里 1967 年的经典电影《欠发达国家的记忆》就批判了这种物质享乐主义，讽刺了主人公的妻子。她在古巴革命之后离开古巴前往迈阿密，她没有追求高尚的东西如正义、平等和自由，只想要高露洁牙膏。

高露洁不适合年纪大的人用，因为我的牙齿非常敏感，所以我就带了两盒舒适达牙膏。

我曾用抽象、诗意的方式描写了我在古巴寻家的过程，但是我越来越想在古巴拥有实体的家：一处房产。

"你想在古巴买房子？去和你丈夫离婚，嫁给一个古巴人。"

这是别人给我的建议。

在古巴，正常的情况下，每个家庭拥有一套房子或公寓，两三代人都挤在这个狭小的空间里。为了多买一套房产，有些夫妻就办离婚，之后再复婚。但是这需要复杂的法律程序。许多人没有耐力或律师费完成这种交易。

外国人不可以在古巴拥有房产，尽管现在财产政策开始改变，现在允许古巴人买卖房屋，所以总有一天外国人也可以在古巴买房。当我告诉我认识的一位摄影师，我梦想在古巴买房时，他说的是"排队等待吧"。

我们站在他漂亮的艺术装饰阳台上聊天，看着一群男孩在维克多雨果公园打球，公园周围都是榕树和棕榈树，这就是我小时候玩过的公园。他悲伤地告诉我，他第一次婚姻所生的儿子已经离开古巴到迈阿密去了。因为他已经没有希望在岛上拥有自己的房子。他提醒我他第二次婚姻所生的女儿将近30岁了，是一位有才华的艺术史学家，仍然和他和他的妻子住在同一套公寓里。他的妻子是一位古巴现代艺术馆负责人。"排队等吧。"他重复了一遍，回头严肃地看了我一眼道："这是一个很长的队伍。你前面有成千上万人。"

直到现在，在古巴我最接近拥有自己房子的梦想就是租了一套私人住宅，并假装房子是我的。在2011年我带学生一起去古巴的时候，我奢侈了一回，租了一套有两个卧室、两个卫生间的公寓，这套公寓位于作家阿莱霍·卡彭铁尔故居一角附近，阿莱霍·卡彭铁尔曾空想出"魔幻现实主义"的概念。这套公寓的房租比我在密歇根的按揭贷款还要高，但是在过去20年里，我都和别人共同租一套公寓，没有多少隐私，而且这么多年一直忍受着苏联时代的那种昏暗无光的预制楼房。我认为这样阔气的地方是值得拥有的。我得有些教授派头，可以叫学生过来谈话，可以邀请我们学界的客座教师共进午餐。

根据古巴法律，房东必须住在他们出租给外国人的房屋。房屋主层归我使用，房屋主人是一位退休的地球物理学家，名字叫古斯塔沃，他的妻子名叫玛佳丽斯。他们住在在房顶临时搭建的公寓，里面有一小间厨房和一个小卫生间，要爬一段陡峭的楼梯才能上去。家具包括一张正式餐桌，客厅里的四张柳条面板的旧摇椅，好看但需要修理。侧壁上摆放着几尊从中国带回来的佛祖雕像。厨房大得还可以放下一张餐桌。在地处热带地区的古巴，多少冰箱都不够用。厨房里有两个冰箱，一个冰箱比另一个冰箱效果好，而且食品储藏室还有第三个冰箱，这个冰箱是房东用的。在主卧室，我有一张床，一个小写字台和一张椅子，两个床头柜，一个衣橱和一个梳妆台。在床头柜的抽屉里有几盒安全套。浴室浴帘上画着一对大得可怕的热吻情侣。对我来说，这些安全套和浴帘就浪费了——我将像修女一样过贞洁的生活。那些常住私人住宅的房客都是男性旅客，与酒店相比，他们更喜欢私人住宅，因为当他们把妓女带回房间时没有保安打搅。

为了进出公寓，古斯塔沃和玛佳丽斯不得不穿过我的厨房、客厅和过道才能到达大门。在下午时分，我会看到古斯塔沃走过，戴着一个探险家鸭绒帽，一句话也不说，显得阴沉可怕。在黎明时分，我又会被他们的脚步声惊醒。我睡觉的时候就把卧室门锁上。

我为古斯塔沃和玛佳丽斯感到难过。像我的父母一样，他们都已经七十多岁了。他们应该安享晚年而不是让陌生人占用本属于他们的房屋。但是他们需要钱。古巴人可以得到的补贴商品只有几种——每天一卷面包，一些土豆，一些剥过壳的豌豆，一点大米。肥皂、洗发液、衣服、鞋靴和日常用品只能在曾经只对游客开放的商店里买到。不花钱在古巴生活是不再可能的事了。

我们共用一台座机。手机在古巴主要用作传呼机，因为人们用不起手机。当电话铃响的时候，我和玛佳丽斯都分别冲过去接楼下和楼上的分机。玛佳丽斯很少出门，专等着电话。电话铃响两声之后我就接电话，否则她会告诉打电话的人我不在家。有时我拼了老命冲出浴室，只为接一通电话。如果电话是打给她的，我不得不说："你再打一遍。"当那个人再打来电话时，那就是玛佳丽斯接电话的信号。玛佳丽斯从来都不写电话留言，因为走下楼梯对她来说太困难了。但是有一次，我妈妈打来电话，她写了一个便条："你妈妈打电话了。不要给她回电。"

玛佳丽斯的儿媳赛琳娜做租房生意。很明显她做得不错。她已经购买了另一套公寓给自己住，并且出租了其中的三个房间。她是一位缄口不语、简单直接的房东太太。赛琳娜嫁给了玛佳丽斯的儿子，她儿子是一位工程师，现在在玻利维亚执行一项由古巴政府资助的国际项目。尽管她和她的家人已经明显地"融入"体制，像古巴人说的那样，但是她15岁女儿的名字叫贝奇（用贝奇·罗斯的名字），因为她在7月4日出生。赛琳娜白天任何时候都可能冲进来，染黑的头发在肩上甩动。她用怀疑的目光看着我。当我邀请客人吃午饭的时候，她喜欢突然出现。我觉得她这种习惯令人讨厌，于是我就几次要求她来之前先给我打电话，但是她从来不打。我看到楼梯入口安装了一个监控摄像头。赛琳娜说这个摄像头不管用，但是她好像知道陌生人拜访的时间。我怀疑是不是赛琳娜在楼上给她打了报告。在一个极少有的机会，赛琳娜爽直地告诉我，古巴的房东都必须按要求把房客的来访者的名字和地址登记入册，然后把这些信息交给政府。她没有问我要客人的名单，因为我和著名的机构"美洲之家"有联系。

赛琳娜租房生意做得很成功，所以她雇了卡里做她的私人助理来打扫和收拾房间。卡里来自哈瓦那另一端的一个小镇，靠近古巴桑提亚哥市。她头脑灵活。当卡里知道我说流利的西班牙语时，她就把我当作了知己。我们见过之后不久，她就告诉我她在爱情方面运气不好，流过产。她已经快40岁了，害怕自己永远不能成为母亲。她问我有没有孩子。"一个。"我说。她笑着说我很幸运。她愿意给我洗衣服并提供"烹调服务"，以挣点外快。带着农村人的质朴，她说我给她的工钱太多了，钱少点也没关系。

得知我最近成为素食主义者，卡里非常失望。我并不是雇她做饭的第一位素食主义者，她去年就遇到了一位，也是一位来自美国的教授。她无论给我做什么饭菜她自己也吃。她一直渴望吃龙虾、虾子和牛排——那些在古巴度假的普通游客都想吃的昂贵美食，但是大部分古巴人都吃不起。可惜的是，从她的角度来看，我想吃的东西都很乏味，不是黑豆和大米，就是扁豆和红豆，或者是用甘蓝、胡萝卜和番茄做成的沙拉，或者是根茎蔬菜如丝兰和芋头，偶尔是炸香蕉。她使劲地上上下下打量我，是的，我同意她偶尔才做炸香蕉，因为一直吃它我感觉太腻了。

卡里很急于展现她的厨艺。她接受过厨师培训，学过烹饪。她第一天给我做饭的时候，就准备把一块美极汤冻放进菜豆。我阻止了她，告诉她汤冻块里含有味精，这种佐料不健康。她有些困惑，但还是听了我的话。我曾看到雀巢雪糕在古巴到处都可以买到，即使是在古巴最偏远的角落。雀巢也在大力推销他们的美极调味料，而最近在古巴很难买到香料。所有对口味的渴望都在向味精打开大门。资本主义的狗在咬社会主义的尾巴。当我否决她的美极汤冻时，我打击了卡里的热情，但是这只是暂时的。她很高兴我购买了牛至叶、孜然、月桂叶，还有一些印度香料。她每次给我做饭用料都十分讲究口感，而且把剩饭放在我购买的密封袋和特百惠储藏盒里。

打扫房间也是她工作的一部分，但是她厌恶这种工作，如果我在她拖好地板之后走进厨房，她就瞪眼看着我。她更不喜欢洗衣服。在我刚住进来的时候，她用含有漂白剂的廉价洗衣粉给我洗衣，结果弄坏了我最喜欢的一件紫色棉上衣。我本不应该心烦意乱。她解释说这次事故是因为衣服面料质量不好。我最后就自己洗我那些精致的衣服，只让她洗一些旧的牛仔服和白色的库尔塔衫。回到密歇根之后，我把那件紫色上衣寄给了维密服装店，这件衣服就是在他们店买的，后来他们给我换了一件新的。我后悔责备了卡里。

有一天下午，我约好一位提供上门服务的美甲师，但是我晚到了 10 分钟，发现卡里已经把她的指甲做好了。我有点生气因为我认为轮不到我了，我自己的指甲还要继续难看。"我差不多快做好了。"那位美甲师和气地说，然后在卡里的小指上绣了一朵花就结束了工作。原来她来得早，所以她有空把卡里加入了她的日程。几分钟后，卡里的指甲就做好了。她慢悠悠地从座位上站起来说："嗨，我一个小时不能干活。我得等它们晾干定型。"我想，除了在古巴之外，在世界其他任何地方，是否有家政服务员会在上班时做指甲，甚至比她的老板更胜一筹？在我看来，这种平等是革命的正面成果之一，但是我也知道，古巴人都十分直率，而且自从奴隶制结束之后，他们都反感受人驱使。

卡里也在哈瓦那寻找着一个自己的家。作为一位来自圣地亚哥的外地人，她用古巴比索租了一个房间（而不是用昂贵的可兑换货币，但是我作为一个外国人就不得不使用这种可兑换货币）。而且她希望很快能买到一套公寓。她告诉我她存了一些钱，但是她还没有找到她买得起的房子。她找到一套能买得起的公寓，但是这套公寓没有房顶，她需要修建新房顶，她不知道是不是值得费力去修。同时，她非常热心地保护赛琳娜的公寓（实际上是玛佳丽斯的公寓），好像公寓是她的一样。

有一次，我邀请了一位著名作家吃午饭，他是全国文学奖的得主，我还邀请了一位著名的作曲家。我开了一瓶白葡萄酒——古巴现在可以买到西班牙葡萄酒——给我的客人喝。几个星期以来，我都非常喜欢摆满客厅玻璃橱柜里的那些蚀刻葡萄酒高脚杯。我想，我终于可以用上这些精美的高脚杯了。当我去打开橱柜的时候，卡里跑过来，好像在用遥感器监控我的行动一样。"只能看，但是不能动。"她说。我不想理她，又试着打开橱柜，但是它被锁着，卡里不愿给我钥匙。"嘿，用这些普通的酒杯吧，"她说着就把那些酒杯拿出来，"它们都一样用。"

不能请我的客人用高脚杯喝酒真让我难过，但是如果公寓里的任何东西碎了，卡里都要负责。对我的客人表示歉意后，我大声问在哪里可以买到我自己的高脚杯。作曲家说她认识一个妇女在卖她自己家的古玩，也许她有高脚杯卖。几天后，我就去了，果然那位妇女有好几百只类似的高脚杯，都存放在类似的玻璃橱柜里。我想起那些在 20 世纪 50 年代用这些高脚杯喝酒的人，他们在革命之后出逃的时候把它们丢下。我从布满灰尘的角落里找到了一些漂亮的杯子，造型各异，最后我买了 12 支。买过之后，我不知道怎么用这么多杯子，但是我还是想要。

那天晚上，我把这些高脚杯洗得闪闪发光，把它们头朝下放在厨房隔板顶部的一块白布上。第二天早晨卡里到来的时候，我正义凛然地指着这些高脚杯说："我买了自己的杯子因为你不让我用客厅里的那些杯子。"她笑道："别担心，我也不会碰你的高脚杯。"

向卡里炫耀我能得到她所拒绝给我用的东西，我感到有些荒唐。我一直在寻找使用那些高脚杯的机会。我终于想到，我可以请那位告诉我在古巴买房要排队的摄影师和他的馆长妻子过来吃晚饭，这样我就可以用高脚杯请他们喝葡萄酒。但是他们喜欢直接喝听装海盗牌啤酒和可乐汽水。

在 2011 年冬天的三个月里，有时我都为自己的勇气感到惊讶，我自己竟敢在夜晚独自外出。从我所在维达多区的出租房到哈瓦那最古老的城区，我乘坐的出租车是一种美国 20 世纪 50 年代流行的雪佛兰车型，这种标志性的汽车在哈瓦那被称为"杏仁壳"，是一种多人共用的出租车。当汽车在黑暗中沿着圣拉萨罗街蜿蜒而行时，我并不害怕。就在到达中央公园之前，我对司机说："我要在这儿下车。"然后给他 10 古巴比索（相当于 50 美分）车费，并轻轻地关上车门，因为有古巴司机指责过我关门用力过猛。晚上，独自一个人，我并不害怕。我去任何我想要去的地方。之后，我在海王星酒店边上乘坐了另一辆"杏仁壳"返回公寓。"你上里亚去吗？"我问道。司机笑着说："是的，我以性命担保，去里亚。坐在前排更舒适些。""杏仁壳"里坐满了乘客，然后我们就一头扎入破破烂烂的街道迷宫。出租车经过哈瓦那大学门口的一大段阶梯转向里亚，那里曾经通过有轨电车。我那晚去了哪里？和一些我几乎不认识的游客吃饭，他们想考考我对古巴的知识？穿着细高跟鞋跳探戈舞？看了一场伦巴表演？我都记不清了。但是有一天晚上，我吃惊地意识到自己极其孤独——好像失去了丈夫、孩子、父母一般，好像失去了密歇根的房子和朋友一般。那晚在 E 街拐角处下车以后，我步行了四个街区才回到我的公寓，不知道是否有人从窗户或街角处注视我。我穿着一条黑色宽松裤，一双黑色的绒面革皮鞋，黑色带褶皱束腰外套，肩上挂着手包。我不慌不忙地走着。午夜已过，一轮圆月为我点亮道路。我自言自语道："你是个成熟女人，一个终于得到自由的女人。"我把钥匙插进门锁，走进卧室，然后把自己锁在里面。睡了一大觉之后，第二天早晨醒来，我睁开双眼才意识到我曾梦到有人昨晚看到我而且说："看看那个外国女人。多么孤独，真可怜，真缺少爱，好像没有人想她。"

许多年来，在加布里埃尔的童年，我和他说了无数次再见，把他留在密歇根和大卫在一起，然后就前往古巴。我不知道我如何做的，因为我每次外出都感到心碎。但是有一种强大的磁场吸引我返回我小时候在被带走之前曾经生活过一段时间的地方。最后我想办法带着加布里埃尔，这样我在古巴就不必那么伤感。有几次，我们一家人，加布里埃尔、大卫和我，可以一起去古巴。在古巴，我看到在杏树下玩耍的加布里埃尔，我看到在热带暴雨之后，在水坑里蹦蹦跳跳的加布里埃尔。儿时的加布里埃尔来过古巴，少年时的加布里埃尔来过古巴，青年时的加布里埃尔也来过古巴。

现在加布里埃尔已经 26 岁。在 2010 年和 2011 年，在我和学生离开前最后 10 天，加布里埃尔来到古巴陪我。当我最心烦意乱的时候，他愿意过来陪我。我还没有准备离开，但是我知道我不能再继续待下去。我有些手忙脚乱，因为时间有时过得太慢，有时过得太快，三个月的时间就这样来去匆匆，但是我还没有写什么东西，我担心古巴像水一样从我指尖溜走。所以在最后几天，从早到晚，我和加布里埃尔都穿梭于哈瓦那破破烂烂的大街小巷之间，尽量不让我的城市溜走。我们压碎了街道。尽管我的左脚长了一个血泡，但是像一位发誓要到达圣殿的朝圣客一样，我坚持走下去。加布里埃尔热衷于街景摄影，多亏了他的图片，我才发现了日复一日围绕在我周围的哈瓦那，但是我不知道如何才能看到她的真容。有加布里埃尔和我一起，我还是母亲的角色，这样我感到非常轻松。我不再焦虑不安，不再为年老而哀伤。我把加布里埃尔介绍给我的朋友时，按照古巴人的习俗，他以吻面礼问候女士，以有力的握手和热烈的拥抱问候男士，看到这些我内心充满了骄傲。我听到他慢悠悠地说着古巴西班牙语，而在美国时他很少这样说。我明白，在生命里有这位年轻人做我的儿子，我真是很幸福。古巴也许不是我的。总有一天古巴将成为他的。

和我一样，加布里埃尔感觉卡萝特别亲切。即使我们在哈瓦那的大街小巷转了一整天，筋疲力尽的时候，他也坚持要去看她。她已经八十五岁了，虽然这么多年过去了，但是她的生活还是那样艰难。她的一个双胞胎儿子已经去了美国，她已经八年没有见他了。另一个双胞胎儿子是个酒鬼。后来他的酗酒变成了伤害别人的暴力和自我毁灭，他的妻子离开了她，即使他二十六岁的女儿也无法忍受和他在一起。卡萝自己的女儿对她也没有多大帮助因为她得了忧郁症。她女儿的两个十来岁的孩子是卡萝照顾的，卡萝每天给他们做饭。尽管在我眼里，卡萝很漂亮，她把她又长又顺的头发梳成两个整齐的辫子盘在头顶，但是她的牙齿已经掉光了。她并不去多想这些忧伤。当加布里埃尔问她是否可以给她拍照时，她说他拍什么照片都可以。然后她又把她放在钱包里的照片拿给加布里埃尔看，那是我给她的一张加布里埃尔四年级时的照片，那时加布里埃尔的头发又黄又直，后来才变得和我的头发一样，又黑又卷。"你一直和我在一起。"卡萝说。我知道加布里埃尔永远不会忘记她的爱。

在最后几天，我和加布里埃尔经常去逛奥比斯波街，这是从中央公园一直通到海边的主干道。这里有新开的各种店铺，卖衣服的，卖鞋子的，卖太阳镜的，卖室内装饰用品的，卖切·格瓦拉T恤衫的，还有卖旧海报的，上面印着那些寻找原汁原味革命纪念品的游客所喜欢的标语，比如，*所有侵略者都去死吧*（Muerte al invasor）。

一天下午，我们停下来看盗版光碟，卖主是一位非裔高个子青年，带着耳环，神情恍惚。原来他和加布里埃尔年纪一样大。我问他生意如何。他说，生意还可以，但是他相信在其他地方他将做得更好，如果出国的机会出现，他将立即抓住，毫不犹豫地离开这个国家。

"你想到哪个国家去？"我问。

他连眼睛都没眨一下就答道："任何国家。"

"任何国家？"我重复道。

他点点头说："任何国家。我不在乎哪个国家。除古巴以外的任何国家。"

为什么这个年轻人这么急于出国？多年来，我一直在思考侨民的问题以及我回国的需要。但是在古巴，人们不顾一切地想离开这个国家，甚至不在乎去往何方。

"我们可以给你拍一张照片吗？"我问。

"来吧。"他说，然后就靠在了碟片墙上。

加布里埃尔一直在听我们谈话，他立即拿起相机给他拍了一张照片。他拿给那个年轻人看了一下，年轻人表示感谢。在碟片的映照下，他的脸照得有些模糊，但是加布里埃尔不想再拍一张。我们走开的时候，加布里埃尔对我说："我只拍一张照片。如果他不想待在这儿，我不想给他拍那么多照片。"

然后整理行装的时候到了。我又成为那个即将离开的人。

由于我十分仔细地限额食用我带过来的宝贵食品，所以我剩下了许多花生酱、杏仁、核桃、混合煎饼和糙米。我把它们包好送给我的朋友和卡萝，我还给卡萝一些牛至叶、孜然和月桂叶，这些都是她每年都让我带的重要东西。卡里则得到了我的护手霜，她以后就可以再去做指甲了。

我留在古巴三只行李箱，里面装满了下一次来古巴时我要用的东西。克里斯蒂和佩佩十分善良，同意把我的东西放在他们拥挤的公寓里，真是太难为他们了。

"别担心，露蒂，我们不会打开任何箱子。你回来时，它将保持原封不动。"克里斯蒂许诺说。

佩佩确实问过我把密封袋放了哪个行李箱里。他还用着我去年给他的三只密封袋，已经反复洗了无数次。我告诉他密封袋装在红色箱子里，并让他都拿去。

当他发现有两盒没打开的密封袋时，他会怎么想？尽管克里斯蒂说他们不会偷看箱子里的东西，但我确定他们一定会。他们怎么不会呢？他们将会发现床单、浴巾、卫生纸（我想方设法节省了几卷）、煎锅、量杯和枕头。还有茶壶。他们也将发现用《格拉玛报》报纸层层包裹起来的古旧高脚杯。

很多东西都在古巴等我，更不要说那些来自我父母青年时代的漂亮高脚杯了。那么，如果没有地方存放任何一件东西，我该怎么办？它们将在我蹒跚学步的大厅对面等着我。

那最后一夜，我没有入睡。

我想起所有孤独的夜晚，想起在过去三个月大部分时间里我如何度过那种诡异的孤独，只有我和那些我离不开的、我费劲带到古巴的东西。

"你是一位老女孩，"我自言自语道，"一个小女孩。"我扮作我自己的母亲说："太晚了。休息吧。不要害怕。明天又是新的一天。"

伟大的歌后西莉亚·克茹慈最后的歌曲之一《万一我不回来》（*Por si acaso no regreso*）是一首非同寻常的悲歌，歌中表达了若不能再看到自己的祖国她就会死的担心。所发生的事实是：她没有回国。我不断返回古巴，是为了你，西莉亚；为了你们，爸爸妈妈；为了所有不回国或者不能回国的人。

这是一篇我貌似无法写完的文章。就像和古巴说再见一样：你说一句再见，继续聊，再说一句再见，再多聊一会，然后又说一句再见。那就让我给这本书增加一个尾声吧。

回到 2010 年我在我的老街区跌倒这件事。我边走边看脚下，十分小心，以防再次跌倒在坑洼不平的人行道上。一个男人也走进同一个街角。我本来应该慢下来，这样我们二人不至于在路边无法通行。但是我走得更快了，冲向前去抢路，就像在飞机着陆的时候，你冲到过道上去抢占空间一样。我先到那里，一闪而过。我回头看了一眼，心想他一定会生气，但是他冲我笑着说："不要慌，我的心肝。"

"不要慌，我的心肝。"这就是他说的话，尽管我刚才有点无礼。他说，我的心肝。

我上了楼梯，来到我租的公寓，打开窗户。太阳正在落下。树上的鸟儿在喊喊喳喳地唱歌。那是三月中旬，天气突然暖和起来。哈瓦那的冬天比较寒冷。几个星期以来，我都穿着毛衣睡觉，半夜被冻醒后才把毛毯盖在身上。二月末是最冷的天气，海水漫过马勒孔附近低洼的街道——大风和潮汐卷着海浪冲过石墙，逼近里亚和G街。水漫到大腿，汽车像木筏一样飘起。人们告诉我，那些街道曾经属于大海，大海总会回来索回属于她的东西。几天过后，当有可能再次走进马勒孔的时候，我遇到三位非裔古巴妇女在向居住在海里的女神吟唱："水，叶玛亚，水。"

那年三月，在街上冲撞了那个脾气好的陌生人之后，我就回到了公寓，坐在厨房餐桌旁，想写点东西。停电不再是经常发生的事，但是我才写几个句子，电灯就熄灭了。噗！就这样，我周围漆黑一片。好了。我自己可以准备过一个安静的夜晚了。但愿冰箱里的四只鸡蛋不要变质，那是克里斯蒂给我的鸡蛋。真是完全出乎意料，在我在古巴的三个月中，只有通过配给制度才能得到鸡蛋。硬通货商店已经卖光了鸡蛋，你用钱也买不到。如果你想吃鸡蛋，你必须从一个从来没有离过岛的古巴人那里获得，这个古巴人还必须有一张粮票。

我拿起手电筒照亮天花板。我并不害怕，尽管我独自一人住在一套需要步行上楼的公寓。这套公寓位于顶楼，由20世纪60年代一个革命部队建造，是苏联时代鞋盒样式的楼房。如果我妈妈知道的话，她肯定为我担忧。但是她永远不会知道，我永远不会告诉她。

在黑暗之中，只要有足够看到我手的光线，我就打开笔记本电脑开始写这篇关于在古巴的老女孩的文章。我用的是左手，因为我的右手在跌倒后还有些痛。我一个字母一个字母地敲击键盘。我发现我的左手比我想象的强壮。

一个小时之后，噗，电灯又突然亮了。

我本应该继续写下去，但是我停了下来。我把这个故事暂时先放一放。我知道，如果不离开古巴，我不会把它写下去。我把古巴留给我离去以后。我需要思念古巴，召唤古巴，为了写作而努力回忆古巴。我所有的作品都不是在古巴完成的。

现在我在另一个家里，在密歇根。在这里，我才能把在古巴时的一些散乱思绪整理出来。我频繁地回想我的移民经历，还是个孩子时就被带出自己的祖国，不知道发生了什么事情，也不知道她的离去是永远的，更不知道她失去了家。我的眼睛长在我的头后面，一直往后看。

我一次又一次地担忧：回去这么多趟，我明白了什么？巴巴已经去世很多年了。我现在知道她问题的答案吗？我有没有最终发现我在古巴失去了什么？

我的习惯做法是：打开行李箱，翻看我随手写的笔记，冥思苦想这个问题：那么你带回了什么？待在古巴几个月……*究竟带回了什么？*

让我想一想。噢，首先，一个陌生人亲切地称我为*我的心肝*。

还有什么？

海水上涨，漫过了马勒孔的石墙，展示了她的威力。

那又如何？

我用克里斯蒂给我的鸡蛋做了一些煎饼，味道超凡，比我曾吃过的任何煎饼都好吃，因为这些鸡蛋是一份礼物，一份用多少钱在任何商店里都买不到的礼物。

这就是我想到的一切，一些关于我跌倒的记忆碎片，就像我的哈瓦那人行道上破碎的路面一样。

没有多少要继续想的东西了，只有坐在我的橡木书桌前，打开电脑。我感谢神灵和祖先保佑我旅途平安。然后，我搓揉着我的邪眼手链上的念珠以求好运，开始写作。我删除了其中大部分内容，但我又写了更多，删除，又重写，又删除。这样持续了很长时间，直到最后页面上留下一些我永远不会忘记的文字。我知道如果我坚持足够长时间，我可能就有好运了。这些片段可以组成一个故事——而且一旦这个故事讲完就永远不会丢失。

HAV
HABANA
CU 0 182955

cubana ◣
Vuelo Nº_____
Peso _____

HAV HABANA

一张去哈瓦那的行李票

———

来自古巴航空公司的一次航班

致　谢

———

　　首先我必须感谢我的父母，瑞贝卡和艾尔伯特·贝哈(Rebeca and Alberto Behar)，感谢他们给我的爱和支持。我们很久以前就开始了旅行，那时我们和我的弟弟莫里一起离开古巴，虽然有时旅途非常艰难，但我还是非常感激我们能够生存下来，并且找到了相互理解和关爱的勇气和方法。

　　我还想感谢家里的其余所有人，有几位已经在这本书里出现。不管我多么努力尝试，但是我知道他们并不喜欢我的作品。我再次希望他们能够原谅我。

　　我所写的故事经历了很长一段时间，从新世纪开始，一直到昨天才完成。这些故事也受益于几位作家朋友的仔细阅读。我诚挚地感谢拉丁美洲女性主义组织(Latina Feminist Group)、汤姆·米勒(Tom Miller)、玛乔丽·亚葛辛(Marjorie Agosin)、蒂什·奥多德(Tish O'Dowd)、理查德·布兰科(Richard Blanco)以及爱拉斯谟·格拉(Erasmo Guerra)，他们想方设法帮助改进我的作品。我从桑德拉·西斯内罗斯（Sandra Cisneros）的作品中获得源源不断的灵感，感谢她姐妹般的热心以及通过马康多基金会（Macondo Foundation）帮助同胞作家所做的一切。我很幸运拥有一位不可多得的最好写作伙伴，安·皮尔曼(Ann Pearlman)，她是一位心理学家兼小说家，也是一位聪明的女人。她给予我免费治疗，同时也推动我推敲我写到页面上的每一个单词。

杜克大学出版社的吉塞拉·佛萨多 (Gisela Fosado) 能够做我的编辑真是我的福气。多年来，我们一直通过很多方式一起共事，曾作为师生，并同为制片人，现在为了这本书又一起合作。她一路上给我很多精当的评论。我非常敬佩她的冷静、她的优点和她的善良。我欠她很多人情。

感谢杜克大学全体职员为此书付出的艰辛。特别感激朱迪斯·胡弗 (Judith Hoover) 的优美编辑，以及艾美·露丝·布坎南 (Amy Ruth Buchanan) 的可爱设计和排版。保罗·斯托勒 (Paul Stoller) 和菲利普·格雷厄姆 (Philip Graham) 能愿意读早期的手稿，并给予鼓励和尖锐的批评，真是我的荣幸。

非常感谢桑德拉·拉莫斯 (Sandra Ramos) 允许我在本书封面上使用她的惊人之作："《大家都走了之后，寂寞来临》(*Y cuando todos se han ido, llega la soledad*)"①。

谢谢我亲爱的朋友罗兰多·艾斯特维斯 (Rolando Estévez)，谢谢她允许我在书中使用他漂亮的图画，也谢谢他坚持主张我继续写诗歌。

多年来，密歇根大学人类学系为我提供了绝妙的智力空间，在这里，我可以在我们的学科里自由追求我自己古怪的视野。有这么多慷慨的同事支持我的目标，真是非常幸运，感谢所有同事。

我一直没有忘记老师们的关爱和信任。感谢罗德里格斯夫人 (Mrs. Rodriguez)、西里·格尔茨 (Hilly Geertz) 和

---

① 指本书英文版封面图。——编者注

詹姆斯·W·费尔南德斯 (James W. Fernandez)。

我永远不会忘记所有把我当作家人的陌生人。谢谢西班牙、墨西哥、和古巴的所有好心人，在我到处努力寻找归属的时候，是他们给了我一个家。

大卫一直等着我返程回家，我很爱他这一点以及他对我的坚定信任。

加布里埃尔使我更加诚实，每天都帮助我成为更好的人。我非常感激我们一起走过的所有旅途。还期待更多。

于 安娜堡

2012 年 9 月